LE BONHEUR EST DANS LE CRIME

lemasque.com

Ali Rebeihi

Tante Alice Enquête

LE BONHEUR EST DANS LE CRIME

ÉDITIONS DU MASQUE

Maquette et illustration de couverture : © Bureau Jany
ISBN : 978-2-7024-5102-1

Né à Toulouse, **Ali Rebeihi** est journaliste et producteur radio. Sa voix berce des millions d'auditeurs dans l'émission quotidienne de France Inter « Grand bien vous fasse ! », où il échange avec ses invités autour de questions de psychologie, de société, de philosophie, de bien-être et de santé. *Le bonheur est dans le crime* est son premier roman.

À Simone Espougne, professeure de français et d'histoire au collège Jean-Moulin de Toulouse

À mes grands-parents maternels, Abdelkader et Fatima Deghmeche

À Raphaël Esrail

PROLOGUE

Impossible pour Alice Bonneville de rater le gros type en sueur, en survêtement trop serré, yorkshire en laisse, qui avançait vers elle. Impossible de faire comme si elle ne l'avait pas vu lancer son paquet de cigarettes vide entre les fougères et la bruyère cendrée. Elle venait d'achever sa randonnée quotidienne sous un ciel gris orangé, encore épatée d'avoir pu observer à la jumelle deux jeunes chevreuils. Une pure joie d'exister l'avait saisie tout au long de sa promenade. Ce sagouin avait tout gâché. Elle ferma les yeux et tenta de se raisonner. Non ma chérie, tu ne saisiras pas cette bûche à tes pieds, tu ne prendras pas ton élan pour devenir le bras armé de Némésis, la déesse grecque de la vengeance, ou sa servante la plus dévouée. Tu ne le frapperas pas avec la force du plus grand batteur de baseball de tous les temps.

Tu ne deviendras pas la spécialiste incontestée du hachis de tête humaine. Abandonnant à regret ces idées destructrices, Alice s'avança vers le type au yorkshire et dégaina sa carte du club de lecture de Valmont-sur-Loing.

— Brigade de répression des incivilités de l'Office national des forêts. Des caméras de vidéosurveillance ont enregistré votre acte délictueux. Cher monsieur, vous avez le choix : ramasser immédiatement le paquet de cigarettes que vous venez de jeter dans la nature ou payer une amende de quatre cent cinquante euros. Il s'agit d'un flagrant délit, article R.633-6 du Code pénal. Nous acceptons les paiements par carte bancaire.

L'homme la fixa au-delà du temps réglementaire. De beaux yeux gris perle mais vraiment pas le bon visage, songea Alice. Et si elle était tombée sur un tueur en série de femmes d'âge mûr ? Sans un mot, il retourna sur ses pas, ramassa l'objet du délit et, avec une placidité inquiétante, continua à se faire traîner par son roquet. Usurpation de fonction, cela devait chercher dans les trois ans d'emprisonnement et quarante-cinq mille euros d'amende.

— Je vais vous faire une confidence, lui lança Alice, si la loi le permettait, vous seriez interdit de forêt à vie.

Son audace la fit frémir. Elle accéléra le pas pour rentrer chez elle et se préparer un bon repas. Sans remarquer le couteau déterré par une meute de sangliers, l'arme du crime qui avait tué Paul Faye.

1

> « On ne sait jamais ce que notre malchance nous a épargné de pire. »
>
> Cormac McCarthy

Quelques semaines plus tôt...

Bordée par la forêt de Fontainebleau, Valmont-sur-Loing était une ancienne cité médiévale prospère, nichée au creux de plusieurs coteaux boisés, au confluent de la Seine et du Loing. On y accédait par une départementale, juste après avoir quitté Moret-sur-Loing. Face à la Seine, de belles propriétés de style néo-normand, les « Affolantes », construites au cours du XIXe siècle. Plus haut, sur les rives du Loing, des maisonnettes rappelaient les cottages anglais. Dans le centre-ville, des maisons basses en pierre, aux volets verts et bleus, côtoyaient des bâtisses du Grand Siècle. Quelques immeubles du Moyen Âge avaient survécu au grand incendie de 1432. Une tour, vestige d'une abbaye cistercienne, venait d'être restaurée. Partout, des jardins et des balcons fleuris. Aux beaux jours, les touristes débarquaient en masse dans cette ville qui comptait six mille habitants à l'année. Dans ce lieu paisible, à l'écart du fracas du monde, vivaient Alice Bonneville et son neveu Arthur.

— Le Dr Touchard ferme son cabinet à la fin de l'année ?

Alice Bonneville semblait dubitative, comme si son neveu lui avait affirmé que feue la reine d'Angleterre fréquentait un club échangiste. L'éternel Dr Touchard prenait sa retraite, alors qu'hier encore ils flirtaient au lycée. Il y a quarante ans à peine.

— Il me l'a dit quand je suis allé le consulter pour mon syndrome de l'intestin irritable.

Son syndrome de l'intestin irritable. Cette manie de s'identifier à une maladie avait le don d'exaspérer Alice. Comme ce voisin qui semblait prendre plaisir à détailler par le menu l'évolution de *son* zona. Qu'on ait l'amabilité de me présenter sur-le-champ une personne qu'un tel récit intéresserait, pestait-elle intérieurement. Par chance, le neveu d'Alice avait l'élégance de ne jamais entrer dans ce genre de détails.

Le déjeuner se terminait, et Alice Bonneville ressentit le besoin de s'allonger sur la méridienne. Une sieste s'imposait après qu'elle eut englouti quatre œufs mayonnaise, une salade aux lardons et deux parts de fondant au chocolat. Arthur avait hérité du même grain de beauté au-dessus de la lèvre supérieure mais pas de la robustesse de son tube digestif. Elle s'était assoupie avec Jane Austen sur la poitrine, *Northanger Abbey,* grand ouvert à la dixième page. Son neveu la tira d'un rêve sans saveur en lui effleurant l'épaule.

— Arthur… s'il te plaît…

La sieste avait duré une heure et l'avait assommée plus que requinquée, faisant naître des idées grises dans son esprit.

Elle lui tendit une main potelée qu'il saisit avec la douceur d'un lutteur gréco-romain. Tandis qu'elle s'étirait, elle plissa les yeux en distinguant une trace jaunâtre au plafond, pas plus grosse qu'une pièce de vingt centimes.

— Tu avais remarqué cette tache dans le coin là-haut ?

— De quoi tu parles ?

— Là, juste au-dessus de la cheminée.

— Je ne vois rien, Tante Alice.

Elle le dévisagea avec agacement avant de s'apercevoir, horrifiée, que la tache s'était déplacée sur le front de son neveu. Quels étaient les symptômes de la dégénérescence maculaire liée à l'âge qui avait rendu aveugle sa grand-mère maternelle, déjà ? Elle s'imagina recluse dans sa vieille maison, assise dans la pénombre, prostrée du matin au soir, une canne blanche à portée de main et Arthur, son fidèle neveu, à ses côtés, qui l'aiderait à accomplir les missions quotidiennes les plus intimes, jusqu'à la toilette du mort. Elle inspira un bon coup et se rassura : impossible, elle n'avait que cinquante-huit ans.

— Allons boire une tisane, veux-tu ? proposa Arthur.

— Une tisane ? À 15 heures ?

Ils descendirent quelques marches en pierre pour accéder à la cuisine, une pièce attenante au salon. C'était une ancienne buanderie haute de huit mètres, décorée de poutres en chêne massif, dans un style campagne qui vous accueillait à bras ouverts : une collection de cafetières anciennes et de théières anglaises et japonaises, des bougeoirs en laiton, des livres de cuisine de toutes les époques et de tous les genres, des bouquets de fleurs séchées, un énorme évier en céramique, des carreaux métro pour habiller la crédence.

Alice Bonneville saisit un pot de verveine offert par sa voisine Wendy, une artiste hongkongaise très cotée qui lui fournissait quantité de plantes et de fruits issus de son jardin.

— Tu as beaucoup de rendez-vous cet après-midi ?

— Non, un seul. Je reçois ce couple divorcé qui habite Fontainebleau et qui vient de se remettre ensemble.

— Quelle idée…

— Tu me l'as déjà dit.

— Pourquoi diable rempiler avec son ex ? Crois-tu vraiment que si j'avais divorcé de ton pauvre oncle, l'envie de me replonger dans le même fleuve de rancœur et d'aigreur m'aurait saisie ?

— Je te rappelle que c'est mon métier de psychologue clinicien d'*aider* les couples qui se noient dans ce fleuve de rancœur et d'aigreur. De les *aider* à revenir à la source de leur amour. De les *aider* à pagayer de concert pour éviter à nouveau les courants hostiles. Ce sera d'ailleurs le thème de ma prochaine vidéo.

Son cabinet de consultation se trouvait dans une petite dépendance dans le jardin.

Alice lui tendit un bol en faïence avec son prénom inscrit dessus, qu'elle lui avait offert après un voyage à Saint-Malo, à la mort de ses parents. Alice avait promis à sa sœur d'adopter Arthur en cas de malheur. Mathilde imaginait toujours les pires scénarios. Une anxieuse chronique, à l'inverse d'Alice – le même patrimoine génétique mais pas la même façon de l'exprimer. En classe de troisième, Mathilde avait été traumatisée par la mort d'une parent d'élève, le crâne fracassé sur la robinetterie après avoir glissé sur la dalle de la cabine de douche. *De la brièveté de la vie*, de Sénèque, était devenu son livre de chevet.

L'accident de voiture avait eu lieu un soir d'été sur le rond-point de l'Obélisque, à l'entrée de Fontainebleau. Un chauffeur routier avait percuté de plein fouet la berline familiale, Mathilde et son mari avaient été tués sur le coup. Le conducteur du camion ? Disparu dans la nuit. Délit de fuite. Aucun témoin. Il n'avait jamais été retrouvé. Miraculé à l'arrière, Arthur réchappa de l'accident sans une égratignure. Il venait de fêter en famille son quinzième anniversaire dans un restaurant des bords du Loing.

Élevé avec sa cousine Constance, l'orphelin s'était promis de mettre la main sur le meurtrier, et Tante Alice l'aiderait le moment venu.

— Et toi, que fais-tu cet après-midi ?

— Victoire de Rosemonde doit passer. La plaie.

Le téléphone d'Arthur vibra. C'était un message de Léa.

Mon chéri, quel film ce soir ?

Il n'avait pas encore répondu au message de Guillaume.

On se retrouve comme d'habitude ?

Cette fichue tyrannie du choix, maugréa Arthur. Pourquoi choisir, d'ailleurs ? Tolstoï ou Dostoïevski ? La tarte aux pommes ou le moelleux au chocolat ? Guillaume ou Léa ? Et puis, ce n'est pas une question de choix. Je suis *né comme ça*. Point barre.

— J'y retourne, mon couple ne va pas tarder à arriver.

Ces derniers temps, le mot couple produisait chez Alice un pincement au cœur. Elle n'éprouvait aucun sentiment envieux quand elle croisait des amoureux de tout âge, au café, au cinéma, sur les bords du Loing. Non, ce n'était pas cela. Une nostalgie des jours heureux l'étreignait et l'attristait. Elle aurait donné sa fortune pour renouer avec son défunt mari. Continuer à se disputer sur l'accessoire, qui n'avait jamais entamé le ciment de leur union.

2

« Un peu de saloperie dans la gentillesse et un peu de gentillesse dans la saloperie. »

Patrick Jane dans *Le Mentaliste*

— Ne vous inquiétez pas, chère Alice, ce n'est pas grave *du tout*, nous nous débrouillerons sans vos talents ! Le bureau de l'association comptait sur vous mais bon, nul ne vous en tiendra rigueur si vous ne parvenez pas à consacrer une heure de votre précieux temps à la braderie d'été. Mme Longchamp sera à la buvette et préparera les cakes au citron à votre place. Son glaçage n'est hélas pas aussi parfait que le vôtre, mais nous ferons avec ! Et puis, ne dit-on pas que la retraite laisse finalement peu de répit ? Moi-même, je redoute d'arrêter de travailler et de ne plus voir les semaines filer ! Rassurez-vous, nous savons bien que vos nouvelles obligations vous accablent.

Traduire : gérer la fortune de ton défunt mari, héritier des lucratifs Biscuits Bonneville, pensa très fort Mme de Rosemonde.

— Je suis sincèrement navrée ma chère Victoire, je dois accompagner mon neveu à Paris. Vous savez combien les activités de Saint-Vincent-de-Paul me sont chères.

Alice marqua une pause et se dirigea vers la commode en acacia, au fond du salon.

— Auriez-vous la gentillesse de remettre un chèque à la trésorière pour le compte de l'association ? Je vous le signe tout de suite.

— Mais c'est tellement généreux de votre part, ma chère ! s'écria Mme de Rosemonde. Je ne sais vraiment pas comment vous remercier.

En débarrassant le plancher, songea Alice. Elle inspecta son sac à main en écailles de tortue et rédigea un chèque de cinq cents euros. Le tambour de la pluie contre les vitres à meneaux remplissait à merveille les blancs de la conversation. Victoire de Rosemonde, présidente de l'association Saint-Vincent-de-Paul depuis cinq ans, saisit le précieux papier du bout des doigts, ongles nacrés et bague en or rose, diamant à l'annulaire droit, et le glissa dans la poche intérieure de son trench-coat, souriant sans les yeux. Alice lui rendit le même sourire factice, avec l'envie de fracasser sur son beau visage lisse la soupière en faïence posée sur le vaisselier. Puis elle se gratta le bout du nez, l'air faussement ennuyé.

— Je suis une bien mauvaise hôtesse, je ne vous ai même pas proposé une tasse de thé bien chaud. Avec ce temps digne d'un tableau de Turner, c'est intolérable, mais Inès doit arriver d'un instant à l'autre !

Et elle ne l'avait pas non plus invitée à s'asseoir sur le canapé Chesterfield en velours gris, ni à déguster les scones aux pépites de chocolat tout juste sortis du four, et dont le parfum enveloppait la maison d'un voile protecteur. Victoire de Rosemonde enviait à Alice sa réputation de pâtissière hors pair. Lors de la kermesse annuelle, le public se précipitait sur son stand de biscuits anglais, sans en laisser une miette. Elle se retint de lui dire que les visiteurs de la braderie n'auraient pas la chance d'y goûter, mais elle avait obtenu son chèque.

— Oh, ne vous inquiétez pas, mon mari ne va pas tarder à rentrer, nous dînons ce soir chez Paul Faye.

En entendant le mot « mari », Alice ne put réfréner un regard sur la photographie de mariage avec son cher Georges, posée sur le manteau de la cheminée. Victoire observait sa réaction, guettant une variation de la taille de ses pupilles, un léger frétillement des narines, un bref pincement des lèvres.

— Mais c'est formidable d'être invités à la table de notre célébrité locale ! Vous allez peut-être avoir la chance de déguster son poulet à l'estragon. Je ne m'en lasse pas !

Alice n'y avait pourtant goûté qu'une seule fois, l'été dernier. Elle dissimulait sa perplexité. Pourquoi donc Paul Faye avait-il convié Victoire de Rosemonde à sa table ? Comme le disait souvent Arthur, « misère et poule de conne ». Par quel stratagème cette mielleuse au cœur de fonte avait-elle réussi à se faire inviter chez le pape de la méditation bienveillante, réputé de gauche ? Elle, militante de la Manif pour tous, qui l'air de rien distillait des petites horreurs sur les couples gays et lesbiens ? Alice haïssait sa manière onctueuse d'euphémiser ses mauvaises pensées.

Elle n'allait certainement pas se rabaisser à demander à Victoire comment elle l'avait rencontré, et encore moins qui étaient les autres convives.

— Avez-vous lu son dernier livre ?

— Bien sûr, mentit Mme de Rosemonde en souriant.

— Ne trouvez-vous pas que le chapitre consacré au déni de la mort dans nos sociétés est remarquable ? Comment en est-on arrivé à oublier ce précepte fondamental d'Épicure : « Le plus effroyable des maux, la mort, n'est rien pour nous, étant donné précisément que quand nous sommes, la mort n'est pas présente, et que, quand la mort est présente, alors nous ne sommes pas » ? récita l'ancienne professeure de droit pénal et de criminologie.

La sonnette de la porte d'entrée retentit. Dieu merci, je n'aurai pas à répondre à cette prétentieuse qui cite de mémoire les philosophes de l'Antiquité, se félicita Victoire de Rosemonde.

— Ce doit être Inès, se réjouit Alice.

— Ma chère amie, j'en profite pour filer !

Alice raccompagna Victoire vers la sortie, lui serra la main et accueillit Inès en l'embrassant avec chaleur. Deux bises. La comtesse de Rosemonde fit la moue un quart de milliseconde mais Alice eut le temps de le remarquer. Elle aurait dû faire quatre bises, pour la contrarier davantage. Bousculer le snobisme de ses pairs ravissait Alice. Cousines éloignées du côté maternel, Victoire et elle ne s'étaient jamais laissé aller aux embrassades, accolades et autres hugs. Accord tacite de non-effusion, sauf en cas de décès d'un proche. Comment Alice peut-elle s'adonner à une telle familiarité avec sa femme de ménage ? se questionna Victoire de Rosemonde en ouvrant son parapluie avant de remonter la rue de la Reine d'un pas rapide, se promettant de soumettre cette question à son mari.

— Comment allez-vous, Inès ? demanda Alice en pénétrant dans le salon. Mme de Rosemonde vient de passer ! Quand elle débarque en personne, généralement, c'est dans l'espoir d'obtenir un chèque. Si vous faites un extra ce soir chez M. Faye, vous la croiserez sûrement.

— Ah…

— Ah ?

— Non… Rien.

Alice connaissait l'instinct d'Inès. « Je ne me trompe jamais avec ça », répétait souvent la jeune femme en se tapotant le plexus solaire.

— Vous ne semblez pas apprécier Mme de Rosemonde, fit Alice.

— Oh, elle ? Je ne suis pas sûre qu'on s'entendrait, en effet ! dit Inès en riant.

— Alors quoi ?

En son for intérieur, Inès Goya souhaitait que Paul Faye disparaisse de la surface de la terre. Enlevé par des extraterrestres ou en avalant de travers son fichu poulet à l'estragon. Peu importe, mais qu'il disparaisse une bonne fois pour toutes.

— Non, rien.

3

« Le sublime et le ridicule sont si proches
qu'on ne saurait les séparer. »

Thomas Paine

Avant même qu'elle ne prononce le moindre mot, avant même qu'elle ne disserte sur sa « recherche de perfection dans l'imperfection », ou qu'elle n'étale son goût pour les meubles en bois brut récupéré et les graines de courge germées au petit-déjeuner, Juliette Darbois fit naître d'irrésistibles désirs chez Alice Bonneville. Lacérer sa longue robe en lin brodée et son gilet sans manches en peau de mouton. Passer à la broyeuse ses sandales ouvertes de marque allemande. Tirer sur ses longs cheveux blond doré qui sentaient le shampoing aux orties. Quand la jeune femme lui tendit la main, devant le buffet dressé pour la séance du club de lecture, Alice réprima un frisson et força un sourire. Des Juliette Darbois, elle en avait croisé des dizaines à Valmont-sur-Loing et ses environs depuis quelques années – la région attirait de plus en plus de Parisiens en quête d'espace et de sens.

Juliette Darbois, trente-cinq ans, directrice artistique de son état, diplômée d'une grande école de commerce, ancienne consultante chez le leader mondial de l'agroalimentaire, avait décidé, après le premier confinement, de troquer son vaste appartement parisien avec vue sur le jardin du Luxembourg hérité de son grand-père maternel, pour s'installer à Grez-sur-Loing. Un village en vogue chez les artistes anglo-saxons et scandinaves de la seconde moitié du XIXe siècle, un endroit où elle pouvait cultiver son aspiration à une vie simple où « l'être ensemble » l'emportait sur « l'hyperindividualisme connecté de la vie urbaine », comme elle le martelait sur son compte Instagram.

— Bonjour, c'est ma première séance ! Je suis tellement ravie de renouer avec les veillées de nos anciens.

— Alice Bonneville. Enchantée de vous accueillir parmi nous, dit-elle en continuant de sourire et en s'empêchant de froncer les sourcils.

— Oh… pardon, Juliette Darbois. J'habite à Grez-sur-Loing, mais le club de lecture est si réputé que ça ne me gêne pas de venir jusqu'ici. Je suis une fan *ab-so-lue* de la petite librairie d'Agathe. Quel choix et quel goût pour une boutique aussi simple ! On s'y sent comme à la maison. Viendrez-vous à la dédicace de Paul Faye ? Je suis une fan *ab-so-lue*. Depuis son premier livre ! Et il n'était même pas connu. J'ai bien senti dès le début que son nihilisme de façade cachait un authentique amour des autres ! Que sa bienveillance trop longtemps retenue l'empêchait de déployer cette qualité d'âme si particulière. Et il est tellement *inspirant* ! déclama Juliette en inclinant légèrement la tête vers la droite, arborant un sourire que l'on aurait pu qualifier d'ineffable ou de crispant.

Alice pencha pour la seconde option.

— Oui, j'ai évidemment lu notre célébrité locale.

— Vous… Vous ne l'aimez pas, c'est ça ? Je sens une sorte de vibration désapprobatrice.

— Ce n'est pas ça…

— Suis-je sotte ! De quel droit puis-je porter un jugement aussi péremptoire alors que je vous connais depuis trois minutes ! Ma pauvre Juliette, te voici en flagrant délit de non-application de l'un des préceptes des *Cinq Vérités celtiques.* « Ne prête jamais d'intentions à ton prochain. » Pourquoi prendre personnellement vos réticences à l'endroit de Paul Faye ? Après tout, c'est votre affaire, pas la mienne !

— Ce n'est pas que…

— Avez-vous déjà inscrit *Les Cinq Vérités celtiques* au programme de vos précédentes veillées littéraires ? Comment choisissez-vous les auteurs ? Je pense qu'il serait formidable de proposer des veillées autour d'un bon feu de camp, au bord du Loing, comme autrefois.

Juliette Darbois fut interrompue par Agathe Saint-Vincent, une Toulousaine récemment installée à Valmont-sur-Loing. Anthropologue de formation, spécialisée dans les pratiques de lecture en Europe occidentale et en Amérique du Nord, elle s'était reconvertie en reprenant la librairie-maison de la presse. Dans une touchante unanimité, sa clientèle vantait sa douceur, son autodérision, ses conseils avisés, et la justesse avec laquelle elle saisissait les aspirations profondes des gens – rire après un deuil, panser ses plaies après une rupture, s'évader d'un couple mortifère. Ses lecteurs férus d'ouvrages de psychologie positive louaient son intelligence émotionnelle. Ce soir-là, Agathe Saint-Vincent portait un jean brut, un caraco en soie écru et des baskets blanches. Un chignon tressé mettait en valeur sa chevelure blond miel.

— Chers amis, je vous propose de nous installer confortablement. Vous êtes de plus en plus nombreux à fréquenter le club. Malheureusement, la librairie est devenue trop étroite pour nos réunions. Je tiens donc à remercier Haroun d'accueillir le club dans son salon de thé. Et surtout de nous régaler de ses pâtisseries, je ne suis venue que pour ça ce soir !

Le salon de thé d'Haroun Johnson se situait sur une petite place entourée de tilleuls, face à l'église Saint-Barnabé, de style néogothique. Il était décoré sans ostentation : assiettes dépareillées, tasses à thé *made in England,* compotier, serviteur à gâteaux, tables de ferme, bouquets de fleurs séchées dans des fioles d'apothicaire, portraits d'aristocrates anglais du XIXe siècle, fauteuils club et canapé en velours sur lequel on rêvait de finir sa vie. Le père d'Haroun, d'origine écossaise, était né à Southampton et sa mère, d'ascendance marocaine, près de Lille. Après des études de lettres et un doctorat sur les paysages dans l'œuvre de Balzac, après avoir sué dix ans dans un collège de la banlieue lilloise, après avoir perdu sa femme, terrassée par un cancer du foie, et après avoir élevé seul son fils Théo, Haroun avait posé ses valises à Valmont-sur-Loing et ouvert le London-Essaouira, où les crumpets et les scones côtoyaient en bonne intelligence les crêpes mille trous et les cakes aux dattes. Ainsi que sa spécialité, le crumble pommes, dattes, cannelle.

— Bien, commença Alice. La semaine dernière nous avons choisi la lecture de *Bel-Ami* de Maupassant. Je suis curieuse de connaître vos premières impressions. Avez-vous été séduits par Georges Duroy ? Dans un deuxième temps, nous évoquerons l'un des thèmes centraux du roman : la présence du mal sous le masque de la séduction. Qui souhaite ouvrir le débat ? demanda-t-elle en se frottant les mains.

L'assemblée était majoritairement féminine. De tous âges et de toutes conditions sociales. La fidèle Mme Verlet – personne ne l'appelait par son prénom – était là, bien sûr, ses lunettes en demi-lune juchées sur le bout de son nez. Elle avait le don de vous regarder avec une telle humanité qu'elle semblait pardonner les fautes que vous n'aviez même pas commises. Et puis Pascal Boitard était là aussi, un ancien publicitaire venu s'installer dans la région deux ans auparavant – Alice et Haroun se regardèrent et partagèrent le même air consterné quand il prit la parole. Il avait racheté l'une des « Affolantes » des bords du Loing, la villa Stevenson. C'était le genre d'homme assez laid et pourtant cruel et inflexible sur le physique des femmes de son âge. Il avait soixante-deux ans, et il faut bien l'avouer, il les faisait, en dépit d'un régime cétogène, de séances de sport avec coach personnel, du cocktail quotidien de gélules de vitamine C, ginseng et spiruline, et du jus d'herbe d'orge matinal qui ne possédait hélas aucune vertu contre son cou de pélican anémié.

— Je me suis tout de suite reconnu en Georges Duroy. Pour paraphraser Flaubert, Georges Duroy, c'est moi ! pérora-t-il.

Alice le dévisagea avec étonnement. Le trop beau, le trop séduisant, l'addictif Georges Duroy n'avait rien à voir avec cet iguane suffisant.

— Vous ? Un épigone de Georges Duroy ? Du point de vue moral ou de son rapport avec les femmes ?

— Du point de vue de la philosophie de vie ! Cet homme est admirable, c'est un modèle d'ascension sociale. Parti de rien, il n'a pu compter que sur lui-même pour tutoyer les sommets. La scène finale à l'église de la Madeleine résume toute ma vie. Comme lui, je suis parti de rien. Comme lui, je me suis fait à la force du poignet. Aucun réseau. Pas d'héritage familial en guise de filet de sécurité. Pour un jour diriger la filiale française de la plus grande agence de pub du monde !

— Mais avez-vous couché pour réussir, comme Georges Duroy ? demanda Haroun.

— Coucher pour réussir ? Vous délirez ? Personne n'a forcé Madeleine Forestier à épouser Georges Duroy ! Et Clotilde de Marelle ? Belle, riche, indépendante… Croyez-vous que quelqu'un l'ait forcée à s'envoyer en l'air avec notre Bel-Ami ? Veuillez excuser mon langage, madame Verlet.

D'un haussement d'épaules, elle lui fit comprendre qu'elle en avait vu d'autres.

— La séduction manipulatrice, c'est tout le cœur du roman, déclara Alice. Georges Duroy est conscient de son physique avantageux. Il est très beau. Il porte sa moustache avec fierté, comme s'il exhibait son phallus. Et j'avoue que je ne serais pas la dernière à succomber à son charme brut. Son corps est une arme de séduction massive. C'est sa seule arme, d'ailleurs. Si vous avez bien lu le livre, il ne peut pas compter sur son talent intellectuel. C'est un piètre journaliste. Superficiel et vaniteux.

— Mais je ne suis pas d'accord. Il lui a fallu un certain talent pour s'introduire dans le milieu journalistique parisien de la fin du XIXe siècle. Que croyez-vous ? Il y en avait des milliers dans Paris, des Georges Duroy, des Rastignac, des Rubempré, qui rêvaient de se hisser au sommet, avides de dévorer Paris ! Il a fallu se battre pied à pied. Comme moi ! Débarqué de Colmar à l'âge de vingt-deux ans, titulaire d'une modeste licence d'histoire. Je ne connaissais personne dans la capitale. Il a bien fallu que je me fasse une place dans le hachoir de la publicité. J'ai gravi tous les échelons, de stagiaire à PDG !

Pascal Boitard, fils de garagiste et de secrétaire médicale, martelait ses phrases à coups de poing vengeur vers le ciel.

Même si elle était l'une de ces héritières honnies par tous les Pascal Boitard de la terre, Juliette Darbois comprenait la position qu'il défendait. Contrairement à elle, il avait changé de classe sociale à force de travail, d'abnégation, de talent et d'humiliation.

— Je suis d'accord avec M. …, fit-elle.

— Boitard, mais vous pouvez m'appeler Pascal.

— Pascal… Je suis d'accord avec vous. Quand j'étais lycéenne, j'aimais l'audace de Georges Duroy. En voilà un qui n'avait pas froid aux yeux pour se faire une place parmi les géants! Il assume son ambition en toute simplicité. Sans se poser de questions. À l'instinct. Paul Faye le rappelle d'ailleurs: « Il est impératif de dialoguer avec ton instinct. » Deuxième vérité celtique!

Alice se tourna vers Haroun. Il semblait à nouveau aussi consterné qu'elle.

— D'ailleurs, je suggère d'inscrire *Les Cinq Vérités celtiques* à notre prochaine séance et je...

— Humm..., intervint Agathe Saint-Vincent. Nous évoquerons la question du prochain livre en fin de séance. Revenons à notre Bel-Ami, qui suscite bien des débats ce soir. Madame Verlet, que vous inspi...

Soudain, une sonnerie l'interrompit. Cela ne provenait pas d'un des téléphones portables de l'assemblée, mais du comptoir en chêne massif. Bon sang, se dit Haroun, qui peut bien appeler à 21 h 19 alors que le London-Essaouira ferme à 19 heures? Ces appels nocturnes annonçaient rarement que vous aviez remporté le gros lot de l'EuroMillions. Haroun le savait. Tous les regards étaient tournés vers lui. Il hésitait à se lever pour répondre. Retenu par le même pressentiment qui l'avait envahi il y a deux ans, quand au cœur de la nuit il avait décroché son téléphone et que l'interne en cancérologie lui avait demandé de se rendre au plus vite à l'hôpital. Haroun Johnson finit par sortir de sa léthargie et se dirigea d'un pas lent vers le téléphone fixe.

4

« Maladies : essayages de la mort. »

Jules Renard

— Oui bien sûr, je vous la passe tout de suite.

La part féminine du club de lecture se regardait avec angoisse et la part masculine semblait soulagée. Sur qui le doigt innocent de la déesse Fortune, qui distribuait au hasard bonheur et malheur, allait-il se poser ? Mme Verlet fixait ses escarpins. Juliette Darbois avait l'air ailleurs. Agathe Saint-Vincent se mordillait la lèvre inférieure. Toutes imaginaient le pire. Au bout d'une interminable seconde, Haroun fit signe à Alice. Ce geste eut le pouvoir instantané de la vider de son sang. Un spectre se leva et se dirigea vers le comptoir. Haroun lui tendit le combiné et elle sembla en découvrir la fonctionnalité pour la première fois de sa vie.

— Allô… Oui, je vous écoute… Oh, mais non ! Mais qu'est-il arrivé ? Oui, oui, bien sûr… Où a-t-elle été emmenée ? J'arrive tout de suite. Je récupère mon téléphone portable chez moi et je vous rejoins.

Alice raccrocha. Elle saisit son trench-coat et son sac posés sur un canapé.

— C'est Inès Goya. Elle a été transportée à l'hôpital de Fontainebleau. Elle a fait un malaise chez Paul Faye. Victoire de Rosemonde m'a raconté qu'elle s'est évanouie lors du dîner et blessée à la tête en chutant. Je suis vraiment navrée de gâcher notre belle soirée.

— Ne vous inquiétez pas, souffla Agathe Saint-Vincent. Nous allons reporter la séance. J'enverrai une nouvelle date par mail.

— Alice, je vous accompagne, décréta Haroun, saisissant sa veste en jean et fouillant la poche intérieure. Agathe, je vous laisse ce jeu de clés, j'ai un double. Je repasserai ranger tout à l'heure.

Alice et Haroun quittèrent le salon de thé et marchèrent à pas rapides jusque chez elle.

— J'arrive tout de suite.

Elle fonça dans la cuisine où elle avait laissé son portable sur le plan de travail. Ils coururent ensuite vers le parking où son coupé sport était garé à côté de sa Coccinelle. Essoufflée, Alice se jura d'arrêter les œufs mayo et les fondants au chocolat pendant au moins deux jours. Haroun savait ce qui l'attendait. Il n'avait pas son permis. Non seulement il avait peur de conduire mais il avait aussi la frousse d'occuper la place du passager. Chaque voyage le plongeait dans une bulle anxieuse où il imaginait en boucle les pires accidents de la route de l'Histoire. Un sentiment décuplé quand Alice était au volant. Amatrice de vitesse, habile conductrice, elle avait pourtant participé à des rallyes en tant que copilote dans les équipes sponsorisées par les Biscuits Bonneville. Haroun se promit, comme chaque fois qu'il montait dans une voiture, de consulter un psy. Ils arrivèrent devant l'hôpital de Fontainebleau en douze minutes chrono. Il posa le pied à terre avec un soupir de soulagement. L'air frais de la fin mai lui redonna goût à la vie. Haroun leva les yeux vers le ciel étoilé et remercia la déesse Fortune.

Ils se dirigèrent vers le service des urgences. Alice demanda à voir Inès Goya.

— Vous pouvez patienter dans la salle sur votre gauche, leur indiqua une infirmière, je vais prévenir le Dr Pardon.

La salle d'attente était déserte. L'infirmière s'absenta quelques instants, emportant dans son sillage un parfum écœurant. Quelques minutes plus tard, un petit homme replet d'une quarantaine d'années se présenta à eux en souriant.

— Je vous rassure, Mme Goya va bien. Elle se repose. Plus de peur que de mal. Elle aura un gros hématome sur le front pendant quelques jours. Non, ce qui est plus inquiétant, c'est que nous avons constaté une tension artérielle très élevée – beaucoup trop élevée pour une femme de trente-cinq ans en bonne santé. Mme Goya a effectué des examens cardiovasculaires il y a deux mois. Rien à signaler, apparemment. Un cœur de sportive, même si elle fume deux ou trois cigarettes par jour. Elle nous a raconté avoir ressenti une douleur thoracique, une sensation d'oppression et une envie de vomir. Les symptômes classiques d'un infarctus. Mais il ne s'agit pas d'un infarctus. C'est autre chose. C'est assez rare mais nous pensons au syndrome de tako-tsubo. Le syndrome du cœur brisé.

— Le syndrome de quoi ?

— De tako-tsubo. Mme Goya semble avoir subi un stress énorme. Les émotions trop fortes peuvent avoir un impact délétère sur le muscle cardiaque. L'obstruction d'une artère coronaire peut provoquer un infarctus. Avec le syndrome du cœur brisé, c'est différent. Le ventricule gauche est déformé, et il n'arrive plus à assurer sa fonction de pompe. Le cœur, c'est avant tout une histoire de tuyauterie. Et dans notre cas, le ventricule ne peut plus envoyer assez de sang dans le corps. Le tako-tsubo mime l'infarctus mais ce n'en est pas un.

— Et pourquoi, tako-tsubo ?

— En japonais, ça signifie « piège à poulpe ». Avec ce syndrome, le cœur prend la forme d'une amphore. Cela touche surtout les femmes. Encore plus si elles sont stressées. Mme Goya a-t-elle subi récemment un événement difficile ? Ou heureux ? L'une de mes patientes a été frappée par ce syndrome à la naissance de son premier petit-fils.

— Je ne sais pas. Inès vient nettoyer et ranger ma maison deux fois par semaine. Nous sommes assez proches mais je ne connais pas tous les détails de sa vie personnelle. Peut-on la voir ?

— Oui, bien sûr, mais pas trop longtemps. Je vous accompagne. Ses parents devraient arriver d'un instant à l'autre.

Alice et Haroun le suivirent dans un couloir mal éclairé, encombré de chariots et de lits vides, au faux plafond maculé de taches sombres. Le Dr Pardon trottinait loin devant eux. Ils pénétrèrent dans le box où Inès était alitée, un bandage sur la tête, les yeux mi-clos, une perfusion au bras gauche. Les appareils médicaux bourdonnaient et la pièce sentait le désinfectant.

Haroun resta en retrait, mal à l'aise. Et si, comme elle, un stress énorme déformait un jour ton cœur ? se demanda-t-il. Imagine-toi seul, au volant, en train de rouler à toute vitesse sur une autoroute vide, tu perdrais les pédales face à cet espace ouvert. Tu deviendrais fou, le cœur battant à cent à l'heure, brisé par l'effroi. Et personne pour te sortir de ce pétrin. Non, le permis attendra encore un peu. Haroun rouvrit les yeux et se mit à la recherche des toilettes pour aller se rafraîchir le visage.

Alice avança vers Inès et posa doucement une main sur son avant-bras. La jeune femme ouvrit les yeux.

— Oh, Alice…

— Inès, je suis heureuse de vous voir mais ne vous forcez surtout pas à parler. Je voulais m'assurer que vous alliez bien. Il va falloir vous reposer pour guérir votre cœur. Le médecin m'a informée que vos parents arrivaient. N'hésitez pas à me dire si vous avez besoin de quoi que ce soit.

— Alice, je suis désolée de tout ce dérangement. Je ne sais pas ce qu'il m'est arrivé... C'est la première fois... Je me sens si vieille et fatiguée.

— Mais non, vous êtes jeune, dans la fleur de l'âge. Ça arrive à tout le monde de connaître un moment de faiblesse. Vous avez eu un malaise, mais vous allez vite vous remettre sur pied ! Il faut que vous dormiez. Je reviendrai demain matin. Et si vous en avez la force, vous me raconterez ce qu'il s'est passé. Je vous apporterai des scones et du thé à la menthe bien chaud. Et très sucré, comme vous l'aimez !

Inès sourit et pleura en même temps.

— Vous êtes tellement gentille. Dieu vous le rendra. Et qui fera votre ménage après-demain ?

Le Dr Pardon revint, accompagné des parents, qui se précipitèrent sur leur fille adorée. Alice leur serra la main et quitta le box en se demandant ce qui avait bien pu provoquer ce tako-tsubo.

— Mon cher Haroun, j'ai besoin d'un Coca pour me rafraîchir les idées.

— Et moi, de méditer.

— Méditer m'énerve ! Mais pourquoi diable voulez-vous méditer ?

— L'hôpital m'angoisse.

— Allons plutôt prendre un verre de vieux rhum à la maison. Méditer, quelle idée !

5

« De bons amis, de bons livres,
et la conscience somnolente,
voilà le secret du bonheur. »

Mark Twain

Une lumière douce, orangée, régnait dans le petit salon de lecture où vivaient en harmonie un canapé moelleux, des coussins brodés, un tapis persan, une table basse en pin ciré et des objets rapportés du monde entier. Alice avait un faible pour l'éléphant stylisé, sculpté dans du frêne naturel, qui trônait sur le bar en rotin. Son porte-bonheur qu'elle caressait tous les jours.

— Tenez, goûtez-moi ce rhum, ça va vous faire passer l'envie de méditer.

— Cette soirée m'a déprimé. Et il faut que j'aille nettoyer la boutique, soupira Haroun.

— Pauvre Inès. Qu'a-t-il bien pu lui arriver ? Elle avait l'air en forme cet après-midi. Son visage s'est juste assombri quand elle a croisé Victoire de Rosemonde, venue me rendre une petite visite intéressée. Inès a fait un extra ce soir chez Paul Faye, un dîner, avec justement Mme de Rosemonde parmi les convives. Victoire se serait-elle mal comportée avec elle lors de la soirée ? L'aurait-elle humiliée l'air de rien, comme elle sait si bien le faire ?

— Victoire de Rosemonde, du fumier enrobé dans du sucre !

— Je vois que vous l'appréciez aussi. Il s'est forcément passé quelque chose. Et puis je ne comprends pas. Inès court deux fois par semaine, sur les bords du Loing ou en forêt. Et jusque-là, ses examens cardiovasculaires étaient parfaits, nous a dit le médecin. Rien qui puisse provoquer ce tako-tsubo.

— Le Dr Pardon a bien insisté sur le stress comme principal coupable.

— Je sais, mais vous imaginez l'ampleur du traumatisme pour marquer à ce point son cœur ?

Haroun eut envie de lui révéler son anxiété en voiture. S'il avait eu le permis, s'il s'était trouvé au volant, sur une autoroute vide, lui aussi aurait pu être frappé d'un tako-tsubo. Depuis qu'il avait appris l'existence de ce syndrome, il craignait à la moindre émotion d'en être victime.

— Je prendrai volontiers un second verre de votre merveilleux rhum.

— Avec plaisir. Vous grignoterez bien quelque chose ? Il me reste des scones aux pépites de chocolat. Seront-ils aussi bons que vos scones aux dattes ? Là est l'éternelle question.

— Vous savez bien que je vous bats à plate couture, même si je suis contraint de reconnaître que les vôtres ne sont pas trop mauvais.

La taquiner sur ses scones à défaut de pétrir la pâte avec elle, leurs doigts entremêlés, couverts de farine et de beurre – ça n'irait pas plus loin, dans un premier temps.

Alice revint avec son assiette de scones, un pot de crème épaisse et de la confiture de fraises.

— Si vous aviez vu la tête de Mme de Rosemonde tout à l'heure. Elle les dévorait du regard. Ce qui est terrible chez elle, c'est l'envie qui la tenaille. Non pas au sens du désir. Je parle de l'envie que l'on confond trop souvent avec la jalousie. Je crois qu'elle aurait préféré que ces scones finissent à la poubelle plutôt que quelqu'un en profite. Avec mes étudiants, je comparais souvent l'envie à une algue toxique. Une algue qui empoisonne la plupart de nos relations. Bien souvent, dans les affaires criminelles, si vous trouvez l'envieux, vous trouverez le criminel.

— Même les tueurs en série, comme dans l'affaire Kaminski ? s'enquit Haroun.

— Non, je vous parle d'individus sains d'esprit, M. et Mme Tout-le-monde, pas des sociopathes. Vous enviez ceux qui vous ressemblent. Votre beau-frère, votre voisine, votre collègue de travail. Vous n'enviez pas Cary Grant dans les bras de Deborah Kerr dans *Elle et lui*. Vous savez bien qu'elle est hors de portée. Vous pouvez rêver d'embrasser Deborah Kerr, mais vous n'aurez pas envie d'éliminer Cary Grant pour l'empêcher de vivre son histoire d'amour. Cary est cent coudées au-dessus de vous – je ne parle pas de vous précisément Haroun, je parle du commun des mortels. Vous allez plutôt envier le type moyen. Le type quelconque, en couple, alors que *vous* êtes désespérément célibataire, et que *vous* pourriez être à sa place. L'envie, c'est le carburant qui nous conduit à faire le mal.

— Qui vous dit que Deborah Kerr est hors de ma portée ? Vous êtes terriblement désobligeante, ma chère Alice !

Elle lui rendit son sourire en tirant la langue.

— Je sais que vous enviez mes scones aux dattes et que vous seriez capable de m'éliminer afin que personne n'en profite. Je me demande ce que vous feriez de mon corps ? Une ancienne prof de droit pénal doit avoir un stock impressionnant de scénarios criminels en tête.

— Je vous empoisonnerais. Je verserais discrètement de l'aconit dans votre Earl Grey.

— C'est du propre, et moi qui croyais que nous étions amis !

— Et vous, qui enviez-vous ?

Haroun allait lui répondre qu'il enviait son défunt mari mais il se retint de révéler ses sentiments.

— Personne.

— Vous mentez, on envie toujours quelqu'un. Ou alors il faut sublimer. L'admiration reste le meilleur antidote à l'envie.

— J'y pense, et si Victoire de Rosemonde avait envié Inès lors du dîner ?

— Vous avez raison. Elle a peut-être envié sa beauté, son élégance naturelle, son sourire. Lors du dîner, tous les regards étaient peut-être tournés vers elle. Quoi ? vous bavez devant une Gitane, alors que vous avez l'honneur de dîner avec une comtesse issue d'une famille noble depuis la dernière croisade ? Elle lui a peut-être balancé l'une de ses piques dont elle a le secret.

— Nous y verrons plus clair demain. Je suis épuisé. Je ne pourrai pas venir avec vous, c'est le jour des livraisons.

— Ne vous inquiétez pas. Je vous raccompagne.

Haroun Johnson eut envie de serrer Alice Bonneville dans ses bras. C'était elle sa Deborah Kerr.

6

« Paie le mal avec la justice et la bonté
avec la bonté. »

Lao Tseu

Quand la capitaine de police Mona Belgazzi ouvrit les fenêtres du bureau pour aérer la pièce qui sentait la pizza et la sueur froide, elle repéra un lapin de garenne, immobile, sur le parking désert. Avant d'être mutée à l'hôtel de police de Melun, elle apercevait parfois l'un de ses congénères dans la lumière rosée du petit matin. Pourquoi tant de lapins venaient-ils explorer le territoire des poulets ? « Misère et poule de conne », comme le répétait en ce moment Guillaume, son nouveau petit ami. Elle trouvait cette expression ringarde mais se disait que l'une des grandes preuves d'amour résidait dans le mimétisme linguistique. Adopter les tics de langage de sa moitié, ses intonations, piller son vocabulaire sans s'en apercevoir… Elle devait être sacrément accro pour lui piquer des expressions aussi nulles trois mois après leur premier flirt !

Assise à son bureau, elle jetait un œil sur les affaires en cours. Rien de très excitant. Des vols à la roulotte, des disputes conjugales, des plaintes pour nuisances sonores. Le bureau de police de Valmont-sur-Loing était en sursis et elle y assurait de temps à autre des permanences en renfort, faute d'effectifs. Le ministère de l'Intérieur hésitait à disperser le personnel entre Melun et Montereau. Si la marée touristique nécessitait une présence policière permanente, il était cependant abusif d'affirmer que le crime régnait dans les rues de l'ancienne cité médiévale. L'affaire Kaminski était une exception qui arrivait tous les dix ans. Les médias du monde entier avaient couvert l'enlèvement de la petite Anglaise Tammy, en plein après-midi dans le camping municipal. La fillette endormie dans la caravane s'était volatilisée au moment où ses parents buvaient un spritz avec leurs voisins, des campeurs hollandais et irlandais.

Mona aimait se lever à l'aube, dédaignant le bouton *snooze* du réveil – le bouton « laissez-moi encore cinq minutes monsieur le bourreau ». Les idées claires, l'esprit vif, le corps alerte, elle aimait le matin faire des choses que la plupart des gens associaient à d'autres moments de la journée, comme regarder un classique du cinéma, tricoter une écharpe pour son nouveau chéri, déguster un bon vin – oui, un bon verre de vin, à 5 heures du matin. Ou encore préparer un petit-déjeuner de princesse pour Suzanne, sa fille de huit ans : cookies, muffins ou pancakes. Elle aurait pu instagrammer ces petits-déjeuners féeriques qui dégoulinaient de parentalité positive mais elle détestait ces *stories* frelatées, ces récits qui occultaient le hors-cadre : les cris tout sauf bienveillants sur sa progéniture, les taches sur le chemisier, l'hyperactivité de l'enfant, le désordre permanent, l'abattement de 18 heures, le regret d'être mère. Avec ces petits-déjeuners dignes d'une table d'hôte, elle compensait ses absences répétées, la valse des baby-sitters, le spectacle de fin d'année manqué pendant l'affaire Kaminski. De la psychanalyse de cuisine mais, au moins, sa petite Suzanne n'oublierait jamais ces festins. Et les restes régalaient souvent l'équipe de Mona.

Elle se servit une deuxième tasse de café. Double, très sucré, avec du lait froid.

Dans la pile de dossiers, une main courante attira son attention. Inès Goya, salariée de l'entreprise O'Nett, se plaignait du comportement de Paul Faye, le pape du développement personnel, auteur du best-seller *Les Cinq Vérités celtiques*, qu'elle avait dévoré à sa sortie en format poche. Mona essayait d'appliquer au quotidien la cinquième vérité, aussi bien dans son couple qu'au boulot, avec sa fille, ou avec des inconnus : « Ne te donne jamais trop d'importance. » Elle avait aussi adopté la quatrième vérité, « Ne te repose pas sur tes lauriers », parfaitement adaptée à son caractère.

Inès Goya se rendait chez Paul Faye deux fois par semaine pour y assurer les tâches ménagères, les pièces du bas le lundi et celles du haut le jeudi. Dans sa déposition, elle décrivait une atmosphère ambiguë. Des effleurements « involontaires » à la limite de la légalité, des réflexions à double sens, des regards très insistants. Et au fil des semaines, cette boule qui montait dans sa poitrine, et qui redescendait dans le bas de son ventre, une boule qui la faisait flipper dès qu'elle franchissait le seuil de l'entrée. Et si cette accumulation de faits et gestes se transformait un jour en agression sexuelle ou en viol ? Un uppercut dans le nez s'il allait trop loin. Inès l'avait visualisé, répété cent fois, racontait-elle dans cette déposition au cours de laquelle elle avait vidé son sac. Elle s'entraînait devant son miroir, bam, un coup sec sous le menton. KO debout. Elle hésitait. Se défendre ? Oui, bien sûr. Légitime défense. La parole des femmes s'était libérée même face aux hommes forts. Mais frapper le pape du développement personnel, connu pour ses actions humanitaires, c'était une autre histoire. Qui croirait-on ? Sûrement pas elle, s'était-elle convaincue. Sa famille s'appelait Goya. Des « gens du voyage », pour éviter de prononcer le mot « Gitans ». Alors, elle avait préféré déposer une main courante plutôt qu'une main leste dans la figure de Paul Faye.

Mona avait déjà croisé Inès chez Alice Bonneville, son ancienne professeure de droit pénal, et savait l'amitié que cette dernière lui portait. Elle-même était devenue amie avec Alice quand elle avait été mutée au bureau de police de Valmont-sur-Loing. Elles s'étaient croisées par hasard au rayon charcuterie du Super Market, et avaient refait le monde autour d'un thé au London-Essaouira. Lorsque Mona était en licence et qu'elle préparait le concours de police, Alice l'avait encouragée et soutenue dans les moments de doute. Son ex-professeure lui avait confié l'avoir plutôt imaginée magistrate mais Mona rêvait de marcher dans les pas de son père, l'inspecteur Belgazzi, pilier du commissariat de Melun pendant trente-cinq ans.

Sans le savoir encore, Mona allait rendre à Alice Bonneville tout ce qu'elle lui avait donné. Ce n'était pas tout à fait réglementaire, mais sa curiosité était piquée : elle décida de rendre visite à Inès Goya dans l'après-midi, pour essayer de comprendre comment un homme qui avait aidé des millions de lecteurs à travers le monde pouvait pourrir la vie de sa femme de ménage.

*

Une petite cité HLM des années 1970, bien entretenue, inconnue des services de police, ou presque. Mona Belgazzi s'arrêta devant l'immeuble B2, à la façade sobre, doté de loggias et de larges balcons avec vue sur un lac artificiel entouré de pins et de hêtres. Elle chercha le nom d'Inès Goya sur l'interphone, et ce fut la voix d'une dame beaucoup plus âgée, à l'accent du Sud-Ouest, qui lui répondit.

— Oui ?

— Je voudrais parler à Inès Goya, s'il vous plaît.

— C'est qui ?

— Je suis une amie.

— Quelle amie ?

— Mona Belgazzi.

— Je lui transmettrai, elle n'est pas là en ce moment. Bonne journée.

Depuis la fenêtre de la cuisine, derrière le voilage, la mère d'Inès observait Mona Belgazzi remonter dans sa voiture. Une flic, à coup sûr. Teresa Goya gardait ses deux petits-fils, le temps que sa fille se remette sur pied. Il ne fallait pas trop tarder, l'école finissait dans une heure. Une odeur de friture et de fleur d'oranger avait pris le pouvoir dans l'appartement décoré avec goût. Mais pourquoi diable une policière est-elle venue sonner chez ma fille ? pesta-t-elle en saupoudrant de sucre glace une pile de beignets fumants.

« Elle n'est pas là en ce moment. » Où était donc passée Inès ? se demanda de son côté Mona Belgazzi en lui laissant un message sur son répondeur. Le tube de Beyoncé, *Single Ladies*, introduisait son annonce d'absence. « Bonjour madame Goya, c'est la capitaine Mona Belgazzi, je voulais m'entretenir avec vous de la main courante déposée il y a quelques jours. N'hésitez pas à me rappeler. Je vous garantis ma discrétion. »

Mona remonta dans sa voiture. Elle avait terminé son service et c'était l'heure de goûter. Elle avait bien mérité un crumble pommes, dattes, cannelle. Demain, elle irait courir une demi-heure de plus.

7

> « Certains font du bien pour mieux faire le mal. »
>
> La Rochefoucauld

— Tenez, c'est M. Johnson qui l'a préparé. Ça vous fera du bien.

Alice tendit à sa femme de ménage un gobelet de thé à la menthe.

— Et j'ai veillé à la dose de sucre. De quoi tuer sur le coup un diabétique.

Inès sourit en portant le breuvage à ses lèvres.

Elle avait l'air en meilleure forme que la veille, mais elle devait rester quarante-huit heures en observation, passer des examens, une échocardiographie et une coronarographie.

— Comment va votre tête ? Même avec ce bandage, vous parvenez à rester élégante. Vous imaginez la digne Mme de Rosemonde avec ce bandage ? Et moi ? Une grosse dame avec ça sur le crâne, pas sexy du tout !

— Mais vous n'êtes pas grosse ! Mon frère vous trouve même charmante comme vous êtes.

— Comme je suis ? Madame Goya, merci pour cette délicate remarque, fit Alice, faisant mine d'être outrée. Je vous signale que je pourrais être sa mère.

— C'est d'autant plus flatteur pour une femme de…

Inès s'interrompit, se rendant compte qu'elle s'enfonçait.

— À propos de Mme de Rosemonde, si vous l'aviez vue hier soir… !

— Comment ça ?

— Le rentre-dedans qu'elle a fait à M. Faye… Et devant son mari, par-dessus le marché. Un verre de trop, et ça vous transforme une comtesse en baraque à frites !

— Eh bien, eh bien… Racontez-moi tout.

— Elle riait sottement aux bêtises de M. Faye. Et elle lui lançait de ces regards…

Elle s'interrompit.

— Quelque chose ne va pas ?

— Ne vous inquiétez pas, je fatigue un peu.

— Inès, je ne voudrais pas paraître intrusive, mais le médecin nous a dit hier que vous aviez sans doute subi un stress émotionnel qui a affecté le fonctionnement de votre cœur. Quelque chose de particulier s'est passé lors de ce dîner ? Vous avez été contrariée ? Mme de Rosemonde a-t-elle dit des choses qui vous ont blessée ? Vous savez bien que vous pouvez me faire confiance.

— Ce n'est rien. Les fins de mois me stressent. Le père des enfants paye la pension quand ça lui chante. Ça devient difficile. Heureusement que ma mère m'aide. Parfois, j'ai l'impression de me noyer et une grande peur me prend comme ça, dit-elle en se tenant la gorge.

— Mais il fallait m'en parler ! Je vais vous payer des extras. On ne passera pas par votre entreprise. De la main à la main ?

— Des extras ?

— Oui, vous viendrez un après-midi de plus. Vous m'aiderez à tester de nouvelles recettes. J'ai besoin d'une testeuse de biscuits !

Cette idée saugrenue redonna le moral à Inès.

8

« Dans le mariage, on paie pour des crimes
qu'on n'a pas commis. »

Série *Oz*

Le bureau d'Arthur était encombré de livres et de revues de psychologie, de chemises cartonnées multicolores et d'un éléphant en bronze japonais de l'ère Meiji qui semblait se moquer de lui. Son écran d'ordinateur portable affichait une étude scientifique de l'université Cornell consacrée au motif de rupture amoureuse le plus cruel : se faire plaquer pour une autre personne. Une centaine de pages de tableaux et de graphiques pour parvenir à cette banale et douloureuse conclusion, *La Princesse de Clèves* racontait à peu près la même chose en moins fastidieux.

À travers la porte-fenêtre entrouverte, Arthur contemplait un imposant massif d'hortensias rose fuchsia. Le parfum du chèvrefeuille le rendait heureux et lui donnait envie d'enlacer l'humanité dans un élan d'amour inconditionnel. Ce matin-là, il recevait une belle femme mince, la quarantaine finissante. Après dix années de labeur conjugal, elle ne supportait plus son mari. Sa main droite, ongles vernis de noir, tapotait son menton à fossette.

— Vous comprenez, l'entendre mâcher ce morceau de viande… Ce bruit… Cette mastication interminable… Ça n'en finissait plus ! Une mauvaise pensée m'a traversé l'esprit. Mais j'ai fini par reposer ma fourchette dans mon assiette.

Arthur avait du mal à se concentrer sur le réquisitoire de sa patiente. Son désir le plus vif à cet instant précis ? S'allonger au soleil sur l'une des chiliennes à rayures dépliées dans le jardin, se laisser porter par le flot de ses rêveries, s'imaginer dans l'herbe avec Léa ou Guillaume, sans la moindre connotation sexuelle. Il n'avait plus envie de sexe depuis quelque temps, il était lui aussi devenu un adepte du *no sex* – s'accorder une période indéterminée d'abstinence, tourner le dos au culte de la jouissance et de la performance obligatoire.

Cela s'était fait à son insu, comme quand un beau jour vous ne désirez plus l'un de ces donuts dont vous vous gaviez pendant des semaines. Les caresses et les étreintes platoniques suffisaient à son bonheur, même si sa tante lui imaginait une vie sexuelle réglée sur le thermostat 9. Il fit un effort d'attention pour se « reconnecter à l'instant présent », comme le préconisait un ouvrage psycho-ésotérique d'Eckhart Tolle qu'il n'avait pas réussi à terminer. Christine Duparc continuait à débiter ses griefs sur un ton feutré. Les yeux mi-clos, Arthur l'imagina planter sa fourchette dans le cou de son mari, viser la carotide, débarrasser la table comme si de rien n'était, puis se lover dans l'un des canapés scandinaves du salon, allumer une cigarette, avant d'appeler les secours pendant qu'Antoine Duparc, avocat d'affaires chez Benson & Benson, se vidait de son sang, la tête plongée dans son assiette d'entrecôte-frites.

— Racontez-moi ce que vous ressentez exactement quand votre mari mastique de la sorte ? Expliquez-moi ces envies de meurtre.

Elle fit une pause.

— Je ne saurais comment vous l'expliquer. Je ne le supporte plus, voilà tout. Son odeur me donne la nausée, ses petits bruits corporels me rendent folle, alors vous imaginez, l'entendre mastiquer… Je précise qu'hier, il ne faisait pas forcément beaucoup de bruit, mais c'était un bruit qui venait de *lui.* Quand nous nous sommes rencontrés, j'aurais avalé avec délice ce qu'il venait de mâcher, je m'en serais délectée comme si c'était une offrande divine ! Aujourd'hui, cette idée me répugne, je vomirais sur-le-champ s'il me donnait la becquée.

Arthur imita sa mine dégoûtée. C'était donc cela la fin de l'amour, le jour où la becquée de votre moitié vous débectait.

— Qu'est-ce qui vous a séduite quand vous l'avez rencontré ?

— Ses mains.

— Ses mains ?

— Oui, il doit posséder les plus belles mains masculines que j'aie jamais vues. Au début, elles me fascinaient. J'imaginais ses mains faire tout un tas de choses. Effleurer mes bras, caresser mon intimité, m'essuyer une larme après avoir regardé une comédie romantique, pétrir une pâte à pain, bricoler un meuble, que sais-je ?

— Et ses mains, vous répugnent-elles aujourd'hui ?

Elle hésita.

— Non… Je ne crois pas…

— Ses mains vous rendent-elles indifférente ?

Sa question paraissait la troubler.

— Elles… elles sont toujours aussi belles.

— Je vais vous proposer un petit exercice. S'il vous plaît, allongez-vous sur le divan.

La séance d'hypnose durerait une quarantaine de minutes. L'idée était de reléguer au second plan son agacement des bruits corporels et de réveiller le désir pour les belles mains de son mari. Christine Duparc s'installa sur le divan et ferma les yeux.

— Dans un premier temps, je vais vous demander de visualiser une pièce secrète, bien cachée dans votre cerveau. Une pièce à laquelle nul autre que vous n'a accès. Appelons cette pièce la Chambre des secrets, comme dans *Harry Potter*. Dans cette Chambre des secrets, vous avez le droit d'entreposer vos pires mauvaises pensées, de commettre les pires méfaits. Personne ne pourra vous juger car il s'agit d'un lieu inaccessible, sauf de vous seule, madame Duparc. J'insiste sur ce point. Vous ne devez sous aucun prétexte me révéler ce qu'il se passe dans cette cave sombre. Revenons à votre dîner d'hier soir. Je vous propose de visualiser cette fourchette que vous teniez fermement, et maintenant usez de cet ustensile comme bon vous semble. Attention, je ne veux surtout pas savoir ce que vous allez faire et personne ne le saura jamais.

Dans un premier temps, Christine Duparc sembla circonspecte, tendue, les membres trop raides, ne parvenant pas à *lâcher prise,* comme si Arthur avait le pouvoir de lire dans ses pensées. Mais soudain, son visage se contracta et le psychologue put y lire de l'agressivité et de la haine. Dans son thriller intérieur, elle porta des dizaines de coups de fourchette dans le cou de son mari, un cou qui ressemblait désormais à un geyser. Plus elle le poignardait, plus elle vomissait ses griefs.

Au bout de quelques minutes, Christine Duparc retrouva un visage apaisé.

— C'est bien, madame Duparc, je vous sens désormais détendue et sereine. Je vous propose d'inspirer sur un temps de cinq secondes et d'expirer pendant quatre secondes. Nous allons prendre quelques minutes. 1, 2, 3, 4, 5… 1, 2, 3, 4… 1, 2, 3, 4, 5… 1, 2, 3, 4… Je vous propose de continuer avec un second exercice. Je vous demande de mettre une main sur votre bas-ventre, sous votre chemisier. Bien. Vous allez observer votre main, le plus longtemps possible, jusqu'à ce qu'elle vous paraisse étrangère, détachée de votre corps.

Elle s'exécuta, et au bout de quelques minutes, cette main lui parut en effet appartenir à quelqu'un d'autre.

— Maintenant, imaginez que cette main qui vous paraît étrangère est en réalité celle de votre mari. Les belles mains de votre mari, celles qui vous ont séduite quand vous l'avez rencontré. Des mains qui suscitent le désir. Ce sont désormais ces mains qui sont posées sur votre bas-ventre.

Elle arbora un sourire que Mona Lisa n'aurait pas renié.

— À présent, je vais vous demander de poser votre main sur celle de votre mari.

Elle resta ainsi de longues minutes, les yeux mi-clos. Le sourire de la Joconde se faisant nettement plus grivois.

Elle régla sa séance, puis il la raccompagna vers une petite porte en bois sculpté, insérée dans le mur extérieur en pierre, et qui constituait une entrée indépendante où l'on pouvait actionner une clochette et voir son hôte à travers une petite grille en métal.

Arthur put enfin s'installer dans la chilienne tant désirée. Christine Duparc était sa dernière patiente de la matinée et il avait la ferme intention de ne rien faire jusqu'au déjeuner. Sa tante lui fit signe du fond du jardin, un sécateur et des branches de roses fanées entre les mains. Elle posa ses gants de jardinage sur la table de jardin en bois et s'approcha de lui.

— Je viens de faire du café et j'ai préparé des sablés à l'orange, *sans gluten.* Tu constateras que ta tante est attentive à ton bien-être. C'est un essai, tu me diras s'ils méritent de figurer dans mes nouvelles recettes. J'ai une réunion demain et j'aimerais faire des suggestions au conseil stratégique.

Elle revint avec un plateau en métal argenté, les biscuits encore tièdes disposés dans l'une de ces assiettes à dessert terre de fer qu'elle collectionnait.

— Merci, Tante Alice. Ils ont l'air sensationnels. L'odeur me rend dingue.

Il croqua dans le sablé et leva les yeux au ciel comme s'il était en pleine extase.

— Tu as remplacé la farine de blé par de la poudre de noisette ?

— Oui, et j'y ai ajouté de la purée de noisette complète, pour un goût plus rustique.

— Vraiment sensas, comme on disait à ton époque.

Elle s'assit sur un fauteuil en rotin.

— Dis-moi Arthur, que sais-tu de l'impact des émotions sur notre corps ?

— Tu veux parler des maladies psychosomatiques ?

— Oui, les maladies imaginaires.

— Ce ne sont pas des maladies imaginaires, Tante Alice. Ceux qui en souffrent souffrent vraiment. Il existe un lien entre le corps et l'esprit : on parle de se ronger les sangs, de se faire de la bile, de se prendre la tête, d'avoir les reins solides… En fait, il n'existe pas de fracture entre le corps et l'esprit, c'est ce bon vieux Descartes qui nous a induits en erreur. Mieux vaut parler d'un continuum.

— C'est-à-dire ?

— Comme le disait un de mes profs, certains patients métabolisent leurs tensions émotionnelles. Certains de leurs symptômes physiques sont directement liés à des pensées ou à des émotions désagréables. Par exemple, si je t'annonce que je vais mourir dans deux heures, tu vas sans doute, et je l'espère, ressentir un stress énorme et ça pourra se traduire par des plaques rouges sur ta poitrine ou une forte envie d'aller te vider aux toilettes.

— C'est chic.

— En revanche, les charlatans qui affirment que nos émotions peuvent provoquer un cancer racontent n'importe quoi. Pourquoi tu me poses toutes ces questions ? Quelque chose ne va pas ?

Alice lui expliqua ce qui était arrivé à Inès, le tako-tsubo, le stress intense, son hospitalisation.

— Je crois qu'elle ne m'a pas dit la vérité. Ce n'est pas son histoire de pension alimentaire qui a provoqué son malaise cardiaque. Le médecin de garde m'a bien expliqué que le syndrome de tako-tsubo survenait *en même temps* qu'un évènement stressant. De façon concomitante. Il s'est donc passé quelque chose de grave lors de ce dîner.

— Oui, mais quoi ?

Alice évoqua la présence de Mme de Rosemonde chez Paul Faye.

— Inès a suffisamment de repartie pour ne pas se laisser faire par une Victoire de Rosemonde. Elle est habituée aux joutes verbales. Regarde-nous quand on s'y met, dit-il en souriant. Elle est très forte à ce jeu-là. Et si ça venait plutôt de Paul Faye ?

Arthur entama un troisième sablé à l'orange.

— Mon syndrome de l'intestin irritable te remercie pour ces biscuits sans gluten.

Alice leva les yeux au ciel et emporta le plateau loin de la voracité de son neveu.

9

« La vie oscille tel un pendule, de droite à gauche, de la souffrance à l'ennui. »

Schopenhauer

Comme tous les matins à la belle saison, Paul Faye avait pris son petit-déjeuner dans son jardin de curé : du café au lait, des toasts de pain de seigle beurré et des fruits de saison. Il avait acquis sa demeure à l'entrée de Valmont-sur-Loing sur un coup de cœur, il y a deux ans. Une maison de maître ceinturée de hauts murs en pierre construite à la fin du XIXe siècle, aux allures de manoir flamand, constituée d'une aile gauche en pignon découvert, avec au rez-de-chaussée une terrasse en garde-corps crénelé où trônaient de grands pots de lauriers-roses. L'aile droite était flanquée d'une échauguette au toit conique, réminiscence des châteaux de contes de fées qui l'avait tout de suite enchanté. Des fenêtres en ogive sur les façades, des ferronneries qui représentaient des dragons, des serpents et des monstres de légendes avaient achevé de le convaincre d'acheter sans négocier le prix.

Il avait jeté son dévolu sur cette maison néogothique qui ne racontait pas le succès facile qui lui était tombé dessus vingt ans auparavant. Par la grâce d'un malaise civilisationnel généralisé et du culte du moi, rien que moi, d'abord moi, il était devenu le pape du développement personnel, un pape qui avait très envie de démissionner, de tirer sa révérence, de se réfugier dans sa thébaïde, pour enfin renouer avec la philosophie et ses essais de jadis, *L'Humaniste misanthrope* ou *Herméneutique schopenhaurienne,* parus chez des éditeurs spécialisés et qui avaient connu un relatif succès d'estime. Quel regard le jeune assistant-chercheur à l'université Paris-VIII, spécialiste prometteur de l'œuvre de Schopenhauer, porterait-il sur cette gloire facile ? Comment le jugerait le jeune père de famille qui vivait à l'époque dans un appartement vieillot d'Ivry-sur-Seine ?

Il avait commencé à ressentir un malaise diffus, difficile à expliquer, mais bien là, dans le plexus. Une sensation de plus en plus forte, semblable à un ballon trop gonflé prêt à vous exploser en pleine figure. Une sensation oppressante qui l'avait conduit à rechercher une maison où il s'échapperait de son duplex parisien avec terrasse arborée sur le toit d'un immeuble Art déco de la butte Montmartre. Là-bas, se disait-il, à Valmont-sur-Loing, il retrouverait son élan vital, il se réconcilierait avec l'intellectuel qu'il avait été, il renouvellerait l'oxygène vicié dans lequel il se débattait. Il en était persuadé, cette maison à la campagne agirait comme une psychothérapie.

Une demeure qui l'aiderait à renouer avec ses premiers élans philosophiques. Ne plus avoir de comptes à rendre à tous ces lecteurs qui lui vouaient un culte messianique, des sangsues qui l'éloignaient de son œuvre véritable. Ces fidèles comprendraient-ils enfin que la vie, dans son infinie sagesse, ne ménageait pas beaucoup de surprises ? Que tout au long de la tragicomédie humaine, il était vain d'ignorer le rideau final, comme si tout cela ne nous concernait pas vraiment ? Et que nous le voulions ou non, nous étions assaillis par des désirs insatisfaits, des passions tristes qui nous dévoreraient jusqu'à notre dernier souffle, quand nous galopions en vain après un bonheur insaisissable. Ces crétins feraient mieux de se mettre une bonne fois pour toutes dans le crâne que seuls l'art et la contemplation les sauveraient, peut-être. Tous les grands sages disaient peu ou prou la même chose, mais nul ne voulait vraiment les écouter. Il fallait sans cesse répéter les mêmes vérités dérangeantes à travers les âges. Des vérités lucides qui conduisaient à trois grandes attitudes : le déni, l'acceptation ou le suicide. Paul Faye savait bien que la plupart de ses lecteurs se situaient essentiellement dans la première catégorie. Fuir l'horrible idée de la mort et croire dans un bonheur perpétuel, « libérer son potentiel trop longtemps étouffé », comme il l'écrivait dans *Les Cinq Vérités celtiques*, pour enfin vivre des jours heureux *ad vitam aeternam*. Il avait exploité jusqu'à la nausée ce marché du mal-être, des livres qui alimentaient ce besoin de ne pas accepter ce qui était. *Les Cinq Vérités celtiques* avaient fait sa fortune sur ce déni. Et puis, il savait bien comment il avait obtenu ce succès…

L'idée de la fondation était née sur cette culpabilité. Oui, une fondation pour rendre l'argent volé à ses lecteurs, financer des bourses destinées à des projets d'intérêt général. Il avait pris sa décision en début d'année, il reverserait l'essentiel de son argent à cette fondation.

Son notaire lui avait suggéré une astuce pour léguer le minimum légal à ses enfants.

Sans jamais l'exprimer clairement, Emma et Julien lui reprochaient d'avoir divorcé de leur mère au moment où il commençait à connaître ses premiers succès, d'avoir laissé tomber cette épouse dévouée qui avait épongé ses angoisses, apaisé ses sentiments envieux, qui l'avait soutenu en pleine thèse de doctorat, au moment où ses parents s'étaient tués dans un accident de randonnée au cœur du massif de la Chartreuse. Depuis leur séparation, Charlotte était devenue accro au sport, aux régimes et à la médecine esthétique. Paul Faye passait à la caisse sans rechigner pour ne pas affronter cette rancune informulée.

Il fallait recruter davantage de donateurs. Le dîner de la veille était une réussite de ce point de vue-là, jusqu'au malaise de sa femme de ménage. Quelle histoire, ruminait-il. Pourquoi ne m'aime-t-elle pas ? Pourquoi reste-t-elle insensible à mon charme et à la vie que je pourrais lui offrir ? Évidemment, il n'était pas un adepte des relations ancillaires, c'était tellement cliché, contraire à ses valeurs progressistes, mais voilà, c'était plus fort que lui. Il était tombé amoureux de sa femme de ménage. Ridicule, se persuadait-il, mais il lui était physiquement impossible de ne pas la regarder avec désir. Hier soir, il avait eu envie de lui faire l'amour sur la table de ferme où trônait son poulet à l'estragon. L'avait-il vraiment effleurée par mégarde ? Oui, c'était un geste fortuit, se persuada-t-il. Quelques instants après, Inès Goya s'était effondrée. Paniqué, Paul Faye s'était précipité vers elle et l'avait mise en position latérale de sécurité. Sa tête avait heurté la table et elle saignait beaucoup. Aymeric de Rosemonde avait appelé le 115. Inès avait repris connaissance et avait dit d'une voix faible :

— Il faut… ap… appeler Alice… Alice Bonneville… Elle est au salon de thé.

Victoire de Rosemonde s'était exécutée mais était tombée sur son répondeur.

— Quel salon de thé, madame ?

— Le London-Essaouira…

— Ne parlez plus Inès, les pompiers arrivent et vont s'occuper de vous.

Dès son réveil, Paul Faye avait appelé l'hôpital pour prendre de ses nouvelles. Elle allait mieux et sortirait d'ici quarante-huit heures après divers examens.

Avant de raccrocher, l'infirmière lui avait déclaré son admiration.

— Vos livres m'ont aidée à traverser un burn out.

— Merci beaucoup madame, surtout, veillez bien sur Mme Goya.

10

« Qui néglige les marques de l'amitié,
finit par en perdre le sentiment. »

William Shakespeare

Inès avait repris le travail avec entrain, son cœur allait nettement mieux. Elle suivait son traitement avec la rigueur d'un commando de marine. Certificat médical à l'appui, elle avait signalé à l'agence qui l'employait qu'elle ne pourrait plus se rendre chez Paul Faye. Retourner dans cette maison lui rappellerait de mauvais souvenirs, amplifiant ce que sa cardiologue appelait un stress post-traumatique. Il était sage d'éviter les situations qui réactiveraient le souvenir de cette horrible soirée. Ses souvenirs étaient flous. Ce soir-là, elle avait aidé la cuisinière Albertine à préparer le poulet à l'estragon et une tarte aux pommes. Elles s'entendaient à merveille et avaient plaisanté sur le jacassement de cette snob de Victoire de Rosemonde qui monopolisait la parole. La comtesse était arrivée en avance, et elle s'était délestée de son sac et de son manteau avec ce sourire froidement courtois qui aurait donné envie à la plus douce des moniales bouddhistes de lui mettre un coup de pied retourné dans la figure. Plus tard, il y avait eu les regards de Paul Faye qui la mettaient mal à l'aise. Un sentiment de suffocation, à mesure que le dîner avançait, avec cette impression de se vider de son sang, et que ses jambes ne tiendraient plus très longtemps. Elle avait commencé à vaciller, la nausée avait pris le pouvoir, et soudain, le visage de Gérard Bouillot avait resurgi.

Cela s'était passé dans le même type de maison, trois ans auparavant, dans la buanderie, au premier étage. Elle était en train de plier du linge et elle ne l'avait pas entendu se glisser derrière elle. Il avait collé son gros corps mou et froid contre son dos. Elle avait pourtant senti son odeur de sueur acide – l'odeur de l'industriel, deux cent vingtième fortune de France, père de trois enfants, adepte d'une droite vraiment de droite –, juste avant qu'il pose ses pattes sur ses hanches, puis sur sa poitrine. Il respirait fort et se frottait contre elle, lentement, sûrement. Au bout de quelques secondes qui semblaient avoir duré des minutes, elle s'était débattue, avait hurlé et l'avait griffé. Pris de panique, il avait desserré son étreinte, et elle avait pu s'enfuir jusqu'à sa voiture garée devant le perron en pierre. Pendant quelques jours, elle avait hésité à déposer une plainte au commissariat de Fontainebleau. Sa mère l'en avait dissuadée et elle l'avait écoutée, une fois de plus. Elle n'était jamais retournée chez Gérard Bouillot.

Longtemps après cette attaque, elle croyait encore sentir son odeur sur sa peau, même en prenant trois douches par jour, comme si les effluves avaient infiltré son épiderme. Le parfum de l'agression persistait dans une zone inconnue de son cerveau. Elle avait failli se confier à Alice, mais elle s'était ravisée – après tout, elle n'était qu'une fille de forain et personne ne la croirait face à la parole d'un puissant représentant du capitalisme français.

Au moment de s'évanouir dans la salle à manger, c'est l'odeur de Gérard Bouillot qu'elle avait cru respirer en croisant le regard de Paul Faye.

Et si elle s'était trompée sur ses intentions ? Et si elle avait déposé à tort cette main courante ? Pouvait-elle la retirer ? L'infirmière lui avait transmis son message téléphonique. « M. Faye a appelé pour prendre de vos nouvelles », lui avait-elle dit les yeux embués d'admiration.

Inès passait l'aspirateur dans la chambre d'Arthur, décorée de meubles des années 1950, quand Alice toqua à la porte.

— Inès, je dois m'absenter mais je voulais m'assurer que tout allait bien.

— Tout va bien, Alice, fit-elle en souriant, mais ses yeux indiquaient une légère intranquillité.

— Vous êtes sûre ?

— Oui, je vous assure, répondit-elle dans un éclat de rire qui se voulait rassurant et qui produisit l'effet inverse.

— Inès, je voulais vous poser une question. Vous n'êtes pas obligée de me répondre.

Elle avait posé l'aspirateur sur le parquet en chêne.

— Asseyons-nous, si vous le voulez bien, proposa Alice en indiquant le lit en rotin.

Elles étaient assises côte à côte et il s'écoula quelques secondes de silence qui auraient pu être gênantes en d'autres circonstances – ce type de gêne que l'on ressent quand on partage l'ascenseur avec des inconnus ou des voisins.

— Inès, je suis navrée d'insister mais je sens qu'il s'est passé quelque chose lors du dîner chez Paul Faye. Une chose qui vous a effrayée, stressée, je ne sais pas. Mais quelque chose de suffisamment grave pour que vous fassiez un malaise qui ressemble à une crise cardiaque. Le médecin des urgences et votre cardiologue vous ont suffisamment répété qu'il s'agissait du syndrome de tako-tsubo. Et vous le savez maintenant, c'est un stress très important qui provoque cette maladie. Inès, qu'est-il arrivé ce soir-là ?

La jeune femme restait silencieuse, la tête tournée vers le jardin arboré. Les fenêtres grandes ouvertes laissaient pénétrer le parfum des roses de Provins, qui avait le pouvoir de vous regonfler le moral. Elle inspira deux ou trois secondes et lui expliqua l'agression de Gérard Bouillot trois ans avant son installation à Valmont, les regards insistants de Paul Faye, son malaise en sa présence, la peur d'être une nouvelle fois agressée, la main courante déposée, ses doutes sur ses mauvaises intentions. Elle s'était retenue de pleurer et serrait les poings. Alice lui caressa la main comme elle l'aurait fait avec sa propre fille.

— Je suis sincèrement désolée, Inès, j'imagine ce que vous devez ressentir. Ce salaud de Bouillot qui donne des leçons de morale à longueur d'interviews ! Pardonnez-moi si je vous parais vulgaire mais je suis en colère. Pourquoi n'avez-vous pas déposé une plainte contre ce type ?

Alice s'était levée et se mit à tourner en rond dans la pièce.

— Je ne sais pas... La peur du scandale. J'ai écouté ma mère. Et puis, je pensais que personne ne me croirait. C'est un homme très riche et moi, je ne suis rien.

— Mais comment ça, vous n'êtes *rien* ? Inès, je vous interdis de vous dévaloriser de la sorte ! Vous n'êtes pas rien, bonté divine ! dit-elle en tapant contre la commode à pied compas. Vous êtes une femme formidable, tenace, humaine. Vous élevez seule vos deux enfants, sans doute les mieux élevés que j'ai vus dans mon existence. Des enfants d'une gentillesse et d'une politesse exquises. Vous pouvez être fière d'eux, ils pourraient en remontrer aux enfants de Victoire de Rosemonde ! Avec les valeurs que vous leur avez transmises, je peux vous assurer qu'ils feront de grandes choses dans la vie. Et je vous y aiderai. Vous n'êtes pas rien, bon sang de bonsoir ! J'admire votre abnégation. Vous comptez pour beaucoup de gens, moi la première.

Inès fixait Alice, avec cet air que vous arborez à la fin du deuxième round perdu, juste avant le sursaut du troisième, décisif, cette reprise où vous puisez en vous des ressources insoupçonnées pour mettre la pâtée à votre adversaire.

— Je ne sais pas quoi dire, ça me touche.

— Ne dites rien alors, fit-elle en riant de bon cœur.

— Et puis vous avez raison, j'aurais dû porter plainte contre lui, et ne pas écouter ma mère. Mais il est sans doute trop tard.

— Il n'est pas trop tard, c'est la vieille prof de droit pénal qui vous le dit. Je vais vous aider et nous allons nous occuper de ce porc. Je ne devrais pas parler ainsi, les porcs sont des animaux extraordinaires et plutôt chastes.

Inès sourit, se leva et serra Alice dans ses bras.

— Allons prendre un café avant que je parte.

11

« Quand je me regarde, je me désole,
quand je me compare, je me console. »

Attribué à Talleyrand

Au moment où Haroun Johnson levait le rideau du London-Essaouira, le glas de l'église Saint-Barnabé se mit à sonner. Peut-être un résident de la maison de retraite, se dit-il en s'épongeant le front du dos de la main. La vague de chaleur inhabituelle pour un mois de mai avait provoqué trois décès en deux jours à l'Ehpad des Tilleuls, situé à deux pas, rue Georges Mandel. Il n'était que 9 heures du matin et il faisait déjà trente degrés à l'ombre. Une mauvaise journée en perspective. Qui pouvait bien avoir envie de déguster des crumpets et des cornes de gazelle avec un thé brûlant en cette période de canicule précoce ? Pourquoi ne pas proposer des glaces cet été ? Il faudrait certes investir dans une turbine mais cela valait le coup d'essayer, avec ces épisodes de canicule à répétition. Trois parfums de sorbets, pas plus, thé à la menthe, lemon curd et fleur d'oranger. À tester avec sa sorbetière à la maison. Il songea au club de lecture qui se tiendrait le lendemain dans son salon de thé. Il servirait de la citronnade, des sablés à l'orange et du punch, il fallait bien que le service dédié, déniché dans une brocante, serve à quelque chose. La perspective de retrouver Alice provoqua un regain d'énergie. Il ne l'avait pas revue depuis la soirée aux urgences. Elle parvenait à lui faire oublier sa défunte épouse, et surtout, elle ravivait son désir de former à nouveau un couple. Haroun luttait pour ne pas devenir un lointain cousin de Julien Davenne, le héros interprété par François Truffaut dans *La Chambre verte*, qui vouait un culte aux morts et avait consacré une pièce au souvenir de Julie, sa femme disparue. L'ouverture du salon de thé, l'amour de son fils Théo et la présence d'Alice l'empêchaient de sombrer dans une nostalgie mortifère. Elle était devenue sa meilleure amie et il se disait qu'il gâcherait leur relation en lui annonçant son rêve de vie commune. Et puis, elle était encore attachée à son regretté

Georges – il l'avait d'ailleurs un jour surprise en train de s'adresser à sa photographie posée sur la cheminée du salon.

Le premier client de la journée pénétra dans le salon de thé. C'était l'éternel Monsieur Jean, qui avait connu Valmont-sur-Loing sous l'Occupation. Ses parents avaient été des résistants de la première heure, ils avaient caché des enfants juifs dans leur maison, et des années plus tard, ils avaient reçu le titre de Justes parmi les Nations. Monsieur Jean avait enseigné l'anglais au collège Renoir et il était à la retraite depuis une vingtaine d'années. Mais surtout, il était fou des scones d'Haroun.

— Vous connaissez la nouvelle ?

— Non, mais je sens que vous mourez d'envie de me l'annoncer.

— Elle m'a dit oui.

Monsieur Jean aimait ménager ses effets. Il se cala dans le fauteuil club, se rengorgea, les mains croisées sur sa veste en tweed, le menton penché sur son nœud papillon, le regard au-dessus de ses lunettes, arborant un sourire d'enfant.

— Je me marie !

— *What the fuck, Mister Jean ?*

— Comme vous dites, Haroun. Figurez-vous que je convole dans trois mois avec une ancienne collègue. Elle était professeure de français. Nous nous étions perdus de vue, et nous nous sommes retrouvés sur Facebook il y a six mois. J'étais secrètement amoureux d'elle à l'époque, mais nous étions mariés chacun de notre côté, et il était hors de question de tromper ma chère Béatrice.

— Ça alors, vous ne m'en aviez jamais parlé ! Et moi qui croyais que vous aviez le béguin pour moi…

— Et puis, de fil en aiguille, vous savez comment ça se passe, notre amour est devenu tellement évident que nous nous sommes dit qu'il ne fallait pas perdre de temps. À nos âges, vous comprenez…

— Vous avez quatre-vingt-deux ans, c'est bien ça ?

— Quatre-vingt-trois, pauvre idiot, depuis le 10 mai. Et vous avez oublié mon anniversaire, une nouvelle fois, je vais vous mettre une très mauvaise note sur Tripadvisor.

Haroun rit et alluma la climatisation.

— Mais pourquoi vous marier ? N'êtes-vous pas heureux comme ça, *libre ensemble* ?

— Le fisc, Haroun, le fisc. Nous nous marions pour payer moins d'impôts.

— J'aime votre romantisme échevelé, Mister Jean ! Qu'est-ce que je vous sers pour fêter ça ? C'est la maison qui régale.

— Je me laisserais bien tenter par votre crumble pommes, dattes, cannelle. Avec un *english breakfast tea.*

— Au fait, savez-vous pour qui sonne le glas ?

— L'ancien maire. Cet abruti de Philippon. Pardonnez-moi… Paix à son âme.

— Il était maire il y a dix ans, c'est bien ça ?

— Oui. On se souviendra surtout de sa duplicité et de sa lâcheté. Je vous raconterai un jour l'affaire Salomon. Franchement, s'il fallait ériger une statue à la veulerie, j'aurais voté pour qu'on le coule dans le bronze. Je n'ose imaginer ce que ce type aurait fait pendant la guerre.

— Un peu de compassion, je vous en prie, répliqua Haroun par pure forme. Tenez, votre crumble, vous me direz si j'ai forcé sur la cannelle.

— Ne vous inquiétez pas, je saurai me montrer intraitable.

Monsieur Jean ne fit qu'une bouchée de son assiette et se mit à déguster le *Guardian* de la veille, à disposition sur le comptoir. La clochette d'entrée tinta et un homme d'une cinquantaine d'années pénétra dans le salon de thé. Haroun crut voir un koala neurasthénique sous antidépresseurs. Il portait un gros pull qu'Haroun eut envie de lui enlever de force en le plaquant au sol. L'homme mit du temps avant de choisir une place, les possibilités n'étaient pourtant pas nombreuses, six tables, un canapé avec table basse, et un fauteuil club face à celui qu'occupait Monsieur Jean.

— Si vous le souhaitez, vous pouvez vous installer dans le jardin à l'arrière, vous y serez au calme et au frais, indiqua Haroun.

Le deuxième client de la journée fit la moue et non de la tête, et jeta son dévolu sur une table qui donnait sur l'église. Haroun lui tendit une carte et il mit de longues minutes avant de se décider. Il leva la main comme un élève de sixième qui s'apprête à demander s'il peut se rendre à l'infirmerie.

— Je prendrai un thé Darjeeling, merci.

Il avait prononcé cette phrase sans enthousiasme notable, sur un ton qui n'indiquait pas la joie de courir nu sur une plage de sable fin main dans la main avec l'être aimé. L'homme sortit de son sac à dos un exemplaire des *Cinq Vérités celtiques.* Haroun avait reconnu la couverture qui mettait en scène un personnage de druide stylisé aux allures de vieux maître zen. C'était étrange de voir ce type lugubre lire un ouvrage de développement personnel vendu à des millions d'exemplaires à travers le monde. On l'imaginait plutôt gratter ses croûtes existentielles en lisant *Extension du domaine de la lutte* de Houellebecq, mais après tout, la lecture des livres de développement personnel n'était-elle pas censée aider les types lugubres qui portaient des pulls en période de canicule pour les aider un jour à courir nu sur une plage de sable fin avec leur moitié ? L'homme semblait réviser un examen, noircissant son calepin de notes, levant la tête à intervalles réguliers, comme s'il se récitait mentalement certains passages. Au bout d'une heure, il se leva. Entre-temps, deux sexagénaires, habituées des lieux, s'étaient installées sur le canapé douillet, l'une arborait un chignon argenté, et l'autre une coupe au bol couleur aubergine. Elles comparaient les mérites, et surtout les vices, de leurs belles-filles respectives.

— Tu te rends compte, elle m'interdit de faire des gâteaux avec de la farine normale ! Elle veut que j'utilise de la farine de riz quand je fais des gâteaux pour eux. Mais elle va les rendre malades, cette folle. Non, mais je te jure, je lui ferais bouffer par les trous de nez sa farine de riz !

— Voire ailleurs !

Elles éclatèrent d'un rire libérateur qui fit sourire Haroun.

Il regardait l'homme au gros pull ranger ses affaires et payer son thé, et il ne put s'empêcher de se comparer. Il ne se trouvait pas si mal avec sa barbe de trois jours qui rappelait la couleur du sel de Guérande, ses yeux verts et sa peau bronzée. Après la mort de sa femme, il aurait pu porter des pulls en pleine chaleur, ne pas se laver pendant plusieurs jours ou se nourrir d'Oreo trempés dans du rhum. Dieu merci, il avait retrouvé goût à la vie en s'installant à Valmont-sur-Loing. Il y avait trouvé sa place, comme une pièce manquante qui s'insère naturellement dans un puzzle. Il ne cessait de s'étonner de la facilité avec laquelle Valmont l'avait avalé, digéré, assimilé. La ville aurait pu le recracher aussi sec, et le laisser pourrir dans son coin, dans l'indifférence générale. Il y a des jours comme ça où cela faisait du bien de croiser des koalas dépressifs à pull épais.

12

« Lorsque la marmite bout, l'amitié fleurit. »

Proverbe anglais

Quand Alice confectionnait des pâtisseries, elle ressentait une plénitude, une légèreté, une fluidité de l'être, un état de *flow* aurait dit Arthur, qui valait tous les anxiolytiques. C'était, lui avait-il un jour expliqué, l'état psychologique optimal dans lequel tout esprit immergé dans une activité alliant compétences personnelles et défi à relever en ressortait libéré du stress et de l'ennui, enveloppé d'une sensation de plaisir et de temps dilaté. Oui, c'était vraiment cela, le bonheur, à cet instant précis, des mains qui pétrissaient une pâte brisée à base de farine, de poudre d'amande, de beurre froid et de zeste d'orange. Elle n'entendit pas son téléphone vibrer, ce maître insatiable qui émettait des frémissements comminatoires. Dans l'immédiat, le point focal de son existence résidait dans la confection d'une tarte au chocolat. Elle venait de terminer une ganache pralinée à base de crème légère – elle savait bien que c'était un oxymore pâtissier d'associer praliné et crème allégée mais elle avait besoin de se donner bonne conscience quand elle en dégusterait une ou (plutôt) deux parts (probablement trois) lors du déjeuner avec Olivia Bell et Thomas Duval, ses deux amis les plus proches depuis les années fac.

Après avoir cuit la pâte au four, elle y versa la ganache et parsema dessus des éclats de noisettes caramélisés. La tarte allait reposer au frigo pendant deux bonnes heures et Alice lui aurait volontiers tenu compagnie au frais, tant la chaleur extérieure était accablante. Après avoir nettoyé le plan de travail, lavé et séché les ustensiles, elle s'essuya les mains sur son tablier et saisit son téléphone. Deux messages de Paul Faye. Bizarre. Que lui voulait-il ? Ils n'étaient pas intimes et échangeaient très rarement des SMS.

Bonjour chère Alice, comment allez-vous ? Savez-vous que vous êtes responsable d'une dérogation à mon régime sans gluten ? Je ne parviens pas à me priver de vos biscuits au chocolat, absolument décadents ! Mais je ne vous contacte pas pour évoquer les douceurs inventées par feu votre cher mari, quoique. J'aimerais m'entretenir d'un projet qui me tient à cœur et qui pourrait intéresser votre entreprise. Auriez-vous un moment ces jours prochains ? Avec toute mon amitié, Paul Faye.

PS : Je suis absolument désolé mais je me rends compte avec horreur que mon invitation à dîner de la dernière fois n'est pas partie, « SMS non envoyé ». Je comprends mieux votre silence. De toute façon, comme vous le savez, la soirée fut catastrophique pour notre chère Inès, j'espère qu'elle se porte mieux, n'hésitez pas à lui transmettre toute ma sympathie.

Le visage d'Alice indiquait la circonspection. La flatterie grossière sur les biscuits décadents, la référence émotionnelle à feu son cher mari, ce *projet* qui lui tenait à cœur, tout cela ne présageait rien de bon. Mais elle ne se refaisait pas. Sa curiosité recouvrit d'un voile pudique ses préventions, et elle lui répondit ceci :

Cher Paul, je suis heureuse que vous vous rouliez dans la luxure grâce à ces biscuits chocolatés ! J'espère néanmoins que vous mastiquez en pleine conscience ! Je serais ravie de m'entretenir avec vous de ce projet qui vous tient tant à cœur. Je peux me rendre disponible le 5 juin dans l'après-midi, vous me direz si cela vous convient. Amicalement, Alice Bonneville.

Elle avait hésité à employer l'expression « avec toute mon amitié », mais ils n'étaient pas amis, « amicalement » convenait mieux. Aucun ami ne signait « amicalement » à la fin d'un SMS, l'écrire indiquait que l'on n'était justement pas des amis. Sur ces profondes réflexions, elle reçut cette réponse :

Chère Alice, le 5 juin présage une belle rencontre car c'est le jour de mon anniversaire ! Le dieu du hasard est avec nous. Je suis heureux de vous accueillir à la maison vers 17 heures, à l'heure du thé. Amicalement, Paul.

Cet *amicalement* mimétique montrait que Paul Faye était un fin psychologue et surtout un type malin – il faudrait redoubler de vigilance pour ne pas se laisser embobiner avec ce projet. Alice reposa son téléphone et prépara le déjeuner, un sauté de blancs de poulet à la feta et aux olives accompagné d'une salade verte, un repas léger pour mieux se venger sur la tarte au chocolat.

Elle se retira dans son bureau pour préparer le prochain conseil stratégique des Biscuiteries Bonneville, puis sortit acheter les journaux chez Agathe Saint-Vincent.

— Oh Alice, vous n'avez pas oublié le club de lecture ce soir, vous avez bien reçu mon mail ? Je n'ai pas eu de réponse.

— Euh non, je n'ai rien reçu mais rassurez-vous, Haroun m'a prévenue.

— Ce soir, nous continuons à explorer les aventures de Bel-Ami, et nous choisirons notre prochain livre.

Alice avait décidé de se payer Pascal Boitard, une attaque croisée sans concertation préalable avec Haroun. Il était hors de question que le livre suggéré par ce sale type l'emporte, et quand bien même il proposerait leurs livres de chevet, les deux useraient de toute la mauvaise foi possible pour lui faire barrage.

— À ce soir, Agathe.

Alice fit un saut chez la fleuriste et choisit un bouquet de tulipes perroquets qu'elle disposa dans un vase sur la console de l'entrée. Finalement, la bande de vieux amis déjeunerait à l'intérieur, la cuisine orientée au nord offrait une fraîcheur d'église. Après avoir dressé la table avec des assiettes dépareillées et des couverts en argent chinés dans un vide-greniers, elle s'allongea sur la méridienne du petit salon vert et lut quelques lignes de *Northanger Abbey*, avant de sombrer dans un demi-sommeil où Paul Faye lui faisait la cour habillé en cotte de mailles, et où, fait curieux, il arborait une inédite barbe rousse. La sonnette d'entrée la tira de ce rêve étrange et Alice se leva d'un coup, ajusta sa coiffure devant le trumeau, s'étira en bâillant avant d'ouvrir à ses deux amis.

— Darling, mais que se passe-t-il, tu as une de ces têtes ! On dirait moi après une nuit torride avec l'un de mes mignons ! lança Olivia Bell en éclatant de rire.

Un œil non averti aurait légitimement pu se demander comment Olivia Bell et Alice Bonneville pouvaient être amies, tant leurs personnalités étaient dissemblables, l'une étant adepte de la devise du premier ministre britannique Benjamin Disraeli, « *Never complain, never explain* », ne jamais se plaindre, ne jamais s'expliquer, tandis que l'autre déballait ses sentiments avec prodigalité et prenait plaisir à mettre en scène menus déboires et profondes interrogations existentielles. Nul ne pouvait expliquer l'irrésistible attraction entre deux individus qui se reconnaissaient naturellement, comme si cette amitié préexistait dans une autre dimension. Ça avait été le cas, quarante ans plus tôt, entre Alice et Olivia, lors d'un assommant cours de droit administratif où elles s'étaient liées à vie. « Ce type a le charisme d'une chaise sans pieds », avait chuchoté Olivia à sa voisine de droite, et Alice n'avait pu s'empêcher de réprimer un fou rire sous le regard amorphe de leur professeur.

Alice embrassa Olivia comme si elle ne l'avait pas vue depuis dix ans, et fit la révérence à Thomas Duval, toujours élégant, même quand il portait un jean et un t-shirt. Il l'étreignit en lui passant la main dans les cheveux. À l'époque, Alice était tombée sous le charme du bel étudiant timide qui suivait les mêmes travaux dirigés de droit civil qu'elle, éprouvant les premiers signes de l'amour. Mais dans sa grande sagesse, avec une délicatesse inaccoutumée, Olivia lui avait fait comprendre que l'objet de son affection était davantage intéressé par le jeune assistant athlétique qui portait la même monture de lunettes que Clark Kent dans *Superman,* que par la ravissante étudiante aux yeux noisette. Alice avait transformé sa déception en amitié, partageant avec Thomas son goût pour les comédies hollywoodiennes de l'âge d'or, les symphonies de Mozart, les scones aux pépites de chocolat et les randonnées en forêt. En dépit du temps qui passait, il avait conservé sa silhouette d'étudiant, sa beauté restait intacte et il plaisait encore à tous les genres d'hommes et de femmes, de tous les âges, mais il ne s'en rendait pas compte – sa fidélité conjugale l'aveuglait.

— Je me suis endormie en vous attendant. Un mauvais rêve.

Le trio s'installa dans le jardin pour boire un verre avant de déjeuner au frais. Un rosé avec glaçons pour Olivia et de l'eau pétillante pour les deux autres.

— Figure-toi que j'ai rêvé de Paul Faye, le célèbre auteur de développement personnel qui habite dans le coin.

— Darling, tu oublies que j'ai lu tous ses livres ! Je suis absolument fan de ce type. Indubitablement séduisant mais définitivement trop vieux pour moi.

— Toi, fan de ses livres ? lança Thomas. Peter a acheté ses *Cinq Vérités celtiques* à l'aéroport. Ça m'a étonné qu'il aime ça, lui qui est du genre à lire Spinoza et Wittgenstein pour se détendre. J'ai essayé de me plonger dans ton Paul Faye et je le confirme solennellement, c'est une bouillie infâme. Pour ne pas dire plus.

— Comment veux-tu qu'un boy-scout dans l'âme comme toi puisse être concerné par ses livres ? Tu es sans doute le type le plus normal et le moins affligé de névroses que je connaisse sur cette planète. C'est toi qui devrais écrire des livres de psychologie pour nous guider dans la nuit au lieu d'organiser des expositions.

— Tu insinues donc que je suis le type le plus inintéressant, le plus insipide, le plus terne de la terre ? Le roi des blettes vapeur sans assaisonnement ?

— Je n'ai pas dit ça, mais je le pense, confirma Olivia en riant.

— Quoi qu'il en soit, continua Alice, il m'a invitée chez lui la semaine prochaine. Il veut me parler d'un projet qui, prétend-il, lui tient à cœur. Je sens qu'il va me demander d'y contribuer financièrement.

Alice leur montra l'échange de textos.

— Il t'invite en tête-à-tête ? Il est célibataire ? s'interrogea Olivia.

— Comment veux-tu que je le sache ? De toute façon, il n'est pas mon genre.

— Dans *La Recherche*, Swann affirmait aussi qu'Odette de Crécy n'était pas son genre, et tu sais comment ça s'est terminé, fit Thomas en souriant et en levant son verre de San Pellegrino. Dois-je te rappeler que notre regretté Georges n'était pas ton genre ?

— Bonté divine, j'ai horreur des snobs comme toi qui disent « *La Recherche* » d'un air entendu, tout le monde n'a pas lu Proust ! répliqua Alice.

— Et puis tu as rêvé de lui, lança Olivia, le regard faussement licencieux.

Alice regretta de leur avoir confié son rêve et fit diversion en proposant d'aller déjeuner. Comme prévu, elle reprit trois fois de la tarte au chocolat.

— Darling, ta tarte pourrait me faire renoncer aux plaisirs sexuels. Comme dirait ton futur mari, c'est décadent à souhait !

Alice leva les yeux au ciel, elle n'aurait pas dû leur faire lire l'échange avec Paul Faye.

— Je te fiche mon billet que c'est avec toi qu'il a envie d'être décadent ! continua Olivia dans un nouvel éclat de rire.

Pour calmer leurs fantasmes, Alice leur raconta la soirée où Inès avait perdu connaissance, la main courante, mais aussi ses regrets de l'avoir déposée.

— Tu ne veux pas que je t'accompagne chez lui ? On ne sait jamais.

— Tu es curieuse comme un pot de chambre, ma chère Olivia. Tu rêves surtout de visiter sa maison.

— Ce n'est pas *totalement* faux mais je me soucie *aussi* de ta sécurité.

Avocate en droit international, Olivia Bell avait comme Alice récemment pris une retraite anticipée, après avoir hérité de sa mère une somme qui lui permettait de ne plus travailler jusqu'à la fin de ses jours. Elle avait du temps, l'une des composantes du vrai luxe.

— Tu as raison, je vais tout de même lui envoyer un SMS pour savoir si ça ne le dérange pas que tu viennes avec moi.

Alice reçut une réponse immédiate et laconique.

Pas de problème, amitiés, Paul.

— Et si nous allions marcher un peu? Ça ne nous fera pas de mal.

La moue d'Olivia n'indiquait pas un enthousiasme débordant, elle aurait préféré faire la sieste dans la chambre d'amis.

Sur les bords du Loing, il y avait peu de monde à cette heure de la journée en milieu de semaine. Les saules pleureurs se penchaient un peu trop près de la rivière pour admirer leur reflet et quelques nuages solitaires égayaient un ciel d'un bleu aveuglant. Il faisait beaucoup trop chaud pour se promener longtemps, alors ils décidèrent de se réfugier au London-Essaouira pour déguster le nouveau thé noir qu'Haroun avait déniché.

— Les amis, suivez-moi.

Haroun les installa dans le petit jardin, qui dégageait un charme romantique et une fraîcheur bienfaisante.

— Vous me direz des nouvelles de ce Darjeeling cultivé dans le jardin de Jungpana !

Alice et Thomas affichaient leur contentement, tandis qu'Olivia opinait d'un air savant, ne sachant pas du tout où se situait ce jardin de Jungpana, et surtout quelle était la différence entre un thé Darjeeling et un Earl Grey, et encore moins ce qu'était un lapsang souchong. Haroun déposa un plateau en métal argenté sur la table et les servit comme s'il s'agissait d'un nectar sacré. Alice et Thomas furent enchantés par ce breuvage qui rappelait le parfum des vins liquoreux comme le muscat – les Anglais parlaient d'ailleurs de la saveur *moskatel* pour caractériser ce type de thé. Pour sa part, Olivia ne fit pas de différence notable avec les thés en sachets du supermarché, mais elle fit mine de s'extasier en souriant à Haroun qui guettait son approbation. Ce thé lui avait tout de même coûté une fortune.

— Haroun, dit Alice, je vous en prendrai un paquet. Je l'offrirai à Paul Faye, qui m'a invitée chez lui mardi prochain. J'en saurai peut-être plus sur ses relations avec Inès.

— Vous y allez seule ? demanda Haroun.

— Non, Olivia m'accompagnera. Elle brûle de savoir à quoi ressemble sa salle de bains.

— Tu racontes n'importe quoi, s'offusqua Olivia en haussant les épaules.

Elle ne voulait pas paraître folle aux yeux d'Haroun, qui lui plaisait en dépit de sa cinquantaine, rédhibitoire selon ses critères. Son fils était-il aussi séduisant que lui ?

— À propos de Paul Faye, un client bizarre est venu hier matin. Il lisait *Les Cinq Vérités celtiques* et il ne ressemblait pas au portrait-robot de ses lectrices…

Olivia l'interrompit.

— Comment ça ? Le portrait de *ses* lectrices ? Je ne vous voyais pas sexiste, Haroun. Vous ? Un être si raffiné qui nous sert un thé divin…

— Il se trouve, ma chère, qu'en règle générale dans notre bien-aimé pays et ailleurs dans le monde, le lecteur est une lectrice, ici comme ailleurs le lectorat des ouvrages de développement personnel ou de psychologie positive est féminin. Dois-je vous fournir mes références ? répondit-il en s'inclinant et en clignant de l'œil.

Bref, ce type portait un gros pull et j'ai eu envie de le lui enlever de force. Il semblait réviser un concours en prenant beaucoup de notes.

— Il doit y avoir un sacré paquet de dingos parmi ses lecteurs, soupira Alice. Souvenez-vous de l'affaire Kendall l'année dernière en Angleterre. Ce fou qui avait poignardé à la gorge Phyllis MacGovern, la gourou allumée des lois de l'attraction.

Olivia évita d'étaler sa connaissance du sujet, elle avait lu tous les livres de la victime, dans l'espoir d'attirer des hommes de moins de trente-cinq ans.

— Elle n'avait pas prévu l'attraction d'un poignard dans sa gorge, fit remarquer Olivia.

— Quoi qu'il en soit, ce type d'auteur attire tous ceux qui espèrent résoudre leurs problèmes et donner du sens à leur vie. Et dans le lot, il y a forcément des lecteurs cinglés. Mes amis, cette escapade sur les bords du Loing m'a fait plus de bien qu'une séance chez le psy. Mais je dois filer, le devoir m'attend, fit Thomas Duval en se levant d'un coup.

— Allons récupérer vos affaires à la maison. Où es-tu garée, Olivia ?

— Derrière la mairie.

— Merci beaucoup Haroun, à ce soir.

Haroun lui sourit d'un air complice.

Ce soir, Pascal Boitard passerait un mauvais quart d'heure. Se comprendre sans éprouver le besoin de se parler était l'un des signes évidents de l'amour et de l'amitié. Et de l'amitié amoureuse.

13

« La mort est douce : elle nous délivre
de la pensée de la mort. »

Jules Renard

Quand la séance du club de lecture débuta, Mme Verlet n'était pas encore là. La troupe sinon était au complet, mais au grand dam d'Alice une nouvelle recrue était arrivée.

— Ma chère Alice, j'ai tellement entendu parler de ce club de lecture, je suis ravie de vous y retrouver. J'ai passé ma semaine à relire ce bon vieux *Bel-Ami*. Quel personnage exquis, ne trouvez-vous pas ?

— Victoire, quel plaisir de vous voir ici, je ne vous connaissais pas ce talent de lectrice assidue.

Victoire lui sourit de façon mécanique, le regard d'Alice semblait avoir deviné qu'elle s'était contentée de lire un résumé de *Bel-Ami* sur internet.

— Mes chers amis, commença Alice, je remercie encore Haroun de nous recevoir dans son salon de thé. Nous accueillons une nouvelle venue, Victoire de Rosemonde.

Elle reçut un accueil dénué d'enthousiasme.

— Mme Verlet est souffrante, elle ne pourra se joindre à nous.

Un *oh* désappointé accompagna l'annonce.

— Bien. Reprenons nos débats sur *Bel-Ami*. Nous en étions à la question de l'instinct soulevé par Juliette Darbois. C'est une question passionnante car c'est l'une des qualités premières de Georges Duroy. L'instinct reste sa boussole pour mener son existence.

Juliette Darbois portait une sorte de tablier en lin écru et des sandales de marque allemande qui découvraient ses orteils aux ongles vernis de gris. Elle joua la timide quand son nom fut mentionné.

— L'instinct est bien sûr l'un des thèmes centraux chez Maupassant, confirma Haroun Johnson. Je souscris à ce qu'écrivait à ce sujet l'un de mes grands professeurs, Jean Salem. Maupassant nous rappelle sans cesse que nous sommes régis par les lois de la nature et par les conditions météorologiques. Georges Duroy est le jouet de son instinct animal, cet instinct qui le pousse à s'élever socialement de façon irrésistible. C'est une machine à vibrer, à sentir et à jouir! Georges Duroy semble être le double de Maupassant. Pour qui les êtres humains se reniflent, se plaisent, se rencontrent comme le font les animaux. Comme la plupart d'entre eux, nous partageons cet insatiable besoin de rechercher le plaisir.

— Et que faites-vous de son intelligence des situations? rétorqua Pascal Boitard. Je suis désolé mais l'instinct ne fait pas tout. Alors oui, je vous le concède, dans ses conquêtes féminines, il y a une part d'instinct, mais il y a surtout chez Georges Duroy un remarquable sens de la stratégie. On a l'impression qu'il a lu *L'Art de la guerre*. Si je n'avais écouté que mon instinct, je ne serais sûrement pas devenu le PDG de Berg Advertising. Avec cette histoire d'instinct, vous réduisez la réussite de Bel-Ami à une affaire d'hormones et de je ne sais quel principe biologique. Nous ne sommes pas des animaux!

— Mon cher Pascal, je suis au regret de vous informer que nous sommes des animaux, aussi déplaisant que ça puisse vous paraître. Certes, nous ne descendons pas du singe, mais nous sommes assurément cousins du chimpanzé. Nous partageons 99,5 % d'ADN. Que vous le vouliez ou non, c'est ainsi.

Alice étudiait Pascal Boitard. Comment ce type pouvait-il se comparer à Georges Duroy? Comment aurait-il pu user de son charme pour devenir l'un des maîtres de l'univers publicitaire ? Il en était totalement dépourvu. Elle l'observait avec une mine dégoûtée, comme si on lui avait proposé de manger du pâté d'iguane. Ce faciès disgracieux, ce petit nez ridicule au milieu de ce vaste visage, cette bouche pincée et, mon Dieu, ces cheveux fins ramenés en arrière… Soit, se disait-elle, il était évidemment possible d'être charmé, d'éprouver du désir pour une personne laide qui, pour compenser sa disgrâce, pouvait être dotée d'un *je-ne-sais-quoi,* d'un humour, d'une culture qui faisait oublier le reste. À la longue, oui, il serait possible d'être séduit par un petit nez ridicule au milieu d'un vaste visage aux yeux globuleux. Mais comment serait-il possible d'être ensorcelé par Pascal Boitard, incarnation parfaite de la fatuité et de la vulgarité ? Était-ce cela qui le rendait si moche ? Ou avait-il compensé cette laideur en devenant vaniteux et satisfait de lui-même ?

— Je vous rejoins, Haroun, sur l'instinct, appuya Juliette Darbois en se tournant vers lui. Comme le rappelle Paul Faye dans *Les Cinq Vérités celtiques*, nous devrions faire de l'instinct un guide permanent pour prendre nos décisions (à ses mots Alice eut l'envie soudaine de l'assommer avec la théière en porcelaine anglaise). C'est l'instinct qui nous permet de réaliser notre potentiel, d'être en congruence avec soi. (« D'être en congruence ? », pour Alice, c'en était trop.) Nous ne devrions agir qu'en fonction de cet instinct qui nous relie à nos ancêtres et aux animaux depuis des centaines de milliers d'années.

— Pardonnez-moi, Juliette, mais s'il vous prenait l'envie soudaine de tuer votre prochain, par *instinct,* par *congruence*, comme vous dites, votre gourou Paul Faye…

— Alice, ce n'est pas un gourou, je vous prierai de ne pas le diffamer, merci, dit-elle d'un ton calme sous lequel perlait une certaine agressivité.

— Votre *maître à penser,* si vous préférez, concéda Alice. Paul Faye vous encouragerait-il à éliminer quelqu'un car votre instinct vous le commanderait ? A contrario, ne pas tuer selon votre instinct ne vous empêcherait-il pas *d'être en congruence* ?

— Ce que vous dites est absurde, vous prenez un cas extrême. C'est de la casuistique. Bien évidemment l'impératif moral prendrait le dessus.

— Le fameux impératif catégorique de Kant, je préfère vous l'entendre dire.

Silencieuse, Victoire de Rosemonde évitait de se mêler à ce débat de peur d'être démasquée par sa redoutable cousine. Se faire humilier pour flagrant délit de non-lecture dans un club de lecture, non merci.

— Bien, et si nous abordions un autre thème de *Bel-Ami* ? Je veux bien sûr parler de celle qui nous attend au bout du chemin, quelles que soient nos conditions : la mort, fit Agathe Saint-Vincent dans un grand sourire qui invitait plutôt les adhérents du club à évoquer leurs derniers orgasmes.

Un silence gênant se faufila dans le salon de thé. Quand la sonnerie du téléphone retentit, Haroun crut cette fois réellement faire un tako-tsubo, en imaginant qu'on l'appelait pour lui annoncer le décès de son fils dans des circonstances tragiques. Au bout de la sixième sonnerie, il se leva enfin pour décrocher.

— Non, nous sommes fermés et nous ne prenons pas de réservation.

Il fit mine de s'excuser, et reprit place.

— « Oh ! Vous ne comprenez même pas ce mot-là, vous, la mort », dit le vieux poète Norbert de Varenne à Bel-Ami. « À votre âge, ça ne signifie rien. Au mien, il est terrible. » Norbert de Varenne voit la mort partout, insista Agathe Saint-Vincent, je le cite : « Les petites bêtes écrasées sur les routes, les feuilles qui tombent, le poil blanc aperçu dans la barbe d'un ami, me ravagent le cœur et me crient "la voilà" ! »

Comme pour conjurer son angoisse de la mort, Haroun alla droit au but pour évoquer celle de Maupassant :

— Maupassant est hanté par la mort, il est obsédé par la décomposition des corps, la putréfaction six pieds sous terre. Dans une de ses nouvelles il évoque « cette boîte close où le corps devient bouillie, une bouillie noire et puante ».

Les adhérents du club de lecture semblaient avoir avalé une soupe de crachats verdâtre. Seule Juliette Darbois ne parut pas dérangée par ces détails macabres.

— Ce qui est inacceptable pour Maupassant, continua Haroun, c'est que tout disparaisse *à jamais*. Dans la même nouvelle, il écrit de la mère d'un personnage qu'elle « ne remuerait plus, ne parlerait plus, ne rirait plus. Elle était morte. On ne la verrait plus ». La grande question est la suivante : comment continuer à vivre, à se lever le matin, en sachant ce qui nous attend de façon inéluctable au bout du chemin ?

— Merci Haroun de nous remonter le moral ! dit Alice en riant.

— Il faut accepter que nous redevenions une bouillie fertile ou de la poussière incinérée, affirma Juliette. Pourquoi avons-nous peur de retourner dans ce néant dont nous sommes pourtant issus ? Sommes-nous effrayés par le néant d'avant notre naissance, cet infini qui nous a précédés et dont nous nous soucions comme d'une guigne ?

Merci de nous rappeler que nous deviendrons tous de la bouillie noire et puante, pesta intérieurement Alice. Quelle soirée, j'aurais mieux fait de la passer devant *Desperate Housewives.*

— Juliette a raison, pourquoi se soucier de la mort ? intervint Pascal Boitard. Pour certains philosophes grecs, la mort n'est rien car on ne la croisera jamais. Tant qu'on est vivant, elle n'est pas là. Et quand on ne sera plus là, eh bien, on ne sera pas là pour la voir.

Alice leva un sourcil face à ce type vulgaire qui citait les philosophes stoïciens qu'elle aimait tant. À son grand regret, elle était d'accord avec lui.

— Vous avez raison. Pourquoi se soucier d'une chose qui ne nous concerne pas vraiment ? La mort concerne surtout les vivants qui subissent la perte d'un être aimé, conclut-elle en pensant à Georges.

Le club de lecture se poursuivit encore une heure. Tous aidèrent Haroun à ranger. Alice fut la dernière à partir, débriefant la soirée avec lui, comme l'aurait fait un couple de retour d'un dîner.

14

« Fais chacun de tes actes comme
si c'était le dernier de ta vie. »

Marc Aurèle

Alice coupa le moteur de sa Coccinelle et réveilla Olivia qui avait réussi à s'assoupir au cours des cinq minutes de trajet, un filet de salive à la commissure des lèvres. Songeait-elle à l'hypothétique rendez-vous avec le jeune mathématicien aux cheveux blond cendré rencontré la veille au soir, à l'entracte de la représentation de *Balanchine* à l'Opéra Garnier ? Allait-il la rappeler comme il l'avait promis ? L'espoir fait vivre les idiotes comme toi, lui aurait dit Alice si elle lui avait parlé de cette rencontre.

— Réveille-toi, nous sommes arrivées.

Olivia avait la sensation d'avoir navigué sur une chaloupe en haute mer. Elle vérifia l'état de son visage dans le miroir du pare-soleil, s'essuya la bouche, rectifia son maquillage et s'étira avec la grâce d'une ourse des Pyrénées.

— Tu peux te dépêcher ? S'il te plaît.

Alice descendit de la voiture, ajusta sa jupe en tweed et sonna à l'interphone. Quelques notes de la *Cinquième Symphonie* de Beethoven s'échappèrent de l'appareil.

— Oui ?

— Paul, c'est Alice Bonneville.

— Je vous ouvre !

Paul Faye les attendait sur le perron, tout de lin vêtu, écharpe en soie nouée autour du cou, les bras grands ouverts.

— Quel plaisir de vous accueillir à nouveau, chère Alice !

— Bonjour Paul, je vous présente Olivia Bell, une amie de longue date.

— Ravi de vous rencontrer. Êtes-vous parente de Graham Bell ou bien de Marie Bell ?

— C'est un plaisir partagé, répondit Olivia en joignant les mains. Je suis une arrière-cousine de Graham, par ma grand-mère paternelle. Quelle belle maison ! Elle respire la fidélité.

— La fidélité ?

— Oui, la fidélité. C'est le genre de demeure que l'on quitte sur son lit de mort. La dernière maison. Celle de la paix de l'âme avant le repos éternel.

— Dans ce cas, j'aimerais mieux ne pas être là quand la mort pointera le bout de sa faux, comme disait l'autre. Mais venez dans le salon. Albertine nous a préparé un *tea time*.

Sur une desserte en laiton, un assortiment de tartelettes au citron, de mini mille-feuille, de financiers à la framboise et d'éclairs au chocolat parsemés de praliné. Un service à thé Art déco en argent et prise en ébène était posé sur la table basse. Paul Faye les invita à s'asseoir sur le grand canapé, face aux portes-fenêtres entrouvertes qui laissaient pénétrer le parfum d'hortensias grimpants, de glycine, de roses et de lilas de Perse. Albertine apparut comme si le maître des lieux avait actionné une sonnette secrète. Cette femme d'environ soixante ans, à la peau lisse, dévisagea les nouvelles convives sans excès de politesse. Elle leur servit du thé noir à la bergamote. Alice choisit un financier et Olivia une tartelette au citron. Paul se contenta d'une tasse de thé sans sucre – réguler son taux de glycémie était devenu une obsession, et même s'il n'était pas diabétique, il portait en permanence un capteur au bras qu'il scannait au moins une fois par heure.

— Chère Alice, comment se portent vos affaires ? J'ai beaucoup aimé la dernière publicité pour vos madeleines. Très bonne idée d'avoir choisi une romancière pour incarner la nouvelle campagne. J'adore les romans de Pauline Delage. C'est vous qui en avez eu l'idée ?

— Oui, Georges l'appréciait énormément. Il la considérait comme la Agatha Christie francophone. *L'Extraordinaire Madame Dimey* était l'un de ses livres préférés. Pour ma part, la psychologie de ses personnages me fait plutôt penser à une Simenon dotée d'humour.

— Il est vrai que *La neige était sale* ne déclenche pas forcément l'hilarité. J'admire Simenon, si proche de Maupassant à certains égards. Mais comment avez-vous fait pour que Pauline Delage accepte de vendre son image pour des madeleines ?

De vendre son image pour des madeleines. Il regretta instantanément d'avoir prononcé ces mots. Mais qu'est-ce qui lui prend de proférer un tel jugement de valeur, s'étonna Olivia, n'est-ce pas contraire à l'une de ses vérités celtiques ? Quel con, pensa Paul Faye, plus prosaïquement.

— Je voulais plutôt dire : comment l'avez-vous convaincue de faire de la publicité ?

— Un sévère contrôle fiscal peut pousser le plus pur des écrivains à vendre son image pour des madeleines.

Elle détacha ces derniers mots en souriant, le fixant comme une araignée observe une mouche prise dans sa toile. C'est mal parti, songea Paul Faye. Il vaut mieux changer de sujet.

— Je manque à tous mes devoirs, je ne vous ai même pas demandé de nouvelles d'Inès Goya. Comment se porte-t-elle ?

— Elle va beaucoup mieux, répondit Alice, un peu agacée.

Elle souhaitait que Paul Faye aille droit au but.

— Dans votre SMS, vous vouliez me parler d'un grand projet. Je suis curieuse d'en savoir davantage.

Albertine revint dans le salon. Cette femme est une voyante, se dit Olivia Bell, elle apparaît pile au moment où j'ai envie d'un éclair au chocolat. Albertine lui tendit le serviteur en porcelaine de Gien.

— Alice, vous savez que, depuis dix ans, mes livres, mes conférences, mes croisières, mes podcasts, mes vidéos connaissent un immense succès.

Alice sourit pour l'encourager à développer.

— Comme le disait Flaubert, poursuivit-il, « le succès est une conséquence et non un but ». J'ai obtenu la reconnaissance de mes lecteurs, pas celle de mes anciens collègues universitaires, je vous l'accorde. Ces envieux ne m'ont jamais pardonné d'avoir abandonné la voie obscure des traités de désespoir. Bref, une fois vos désirs de reconnaissance rassasiés, une fois vos enfants mis à l'abri, une fois installé dans une maison confortable, qu'espérer de plus, quand ni la soif de pouvoir ni le sexe ne vous poussent à obtenir davantage de succès ?

— L'amour, peut-être ? se risqua Olivia.

Il ne put s'empêcher de la regarder comme si elle avait dit « Je vais au coiffeur » devant un jury de l'agrégation de grammaire.

— Vous savez bien que la gloire est le deuil éclatant du bonheur, dit-il en s'abstenant de citer Madame de Staël. J'ajouterai, le deuil éclatant du bonheur *amoureux*. Pour moi, le succès agit comme du cyanure sur l'amour. Quoi qu'il en soit, j'ai bien gagné ma vie et j'aimerais désormais me délester de tout ça. Rendre ce que la divine Providence m'a généreusement donné. Je vais créer une fondation qui financera des projets inspirants partout dans le monde.

— Des projets inspirants ?

— Oui Alice, des projets inspirants. Ces bourses aideront les projets qui ambitionnent de changer le monde, dans tous les domaines et quel que soit l'âge des candidats. Les enfants comme les anciens ont beaucoup à nous apprendre. Je veux devenir un prophète du changement collectif et non plus de la réalisation de l'individu seul.

Ça y est, il perd les pédales, il se prend pour le Messie, se dit Alice.

— C'est une excellente idée. Mais comment puis-je vous aider ?

— J'aimerais que vous fassiez partie du conseil d'administration. L'ancien premier ministre Gaëtan Le Pennec sera nommé directeur général.

Alice appréciait le côté catho de gauche, intègre mais pas moralisateur, du personnage.

— C'est un excellent choix.

— De vous nommer administratrice ?

— Non, d'avoir choisi Le Pennec.

— Oui, nous nous sommes connus à la fac de philo. Il n'a pas changé. La même éthique et la même sympathie. Il n'a jamais dévié. Le pouvoir ne l'a pas corrompu. Le projet vous tente ? Je vous transmettrai par mail les statuts et l'objet de la Fondation Elpis pour que vous y réfléchissiez à tête reposée.

— Elpis ?

— Oui, Elpis, la personnification grecque de l'espoir.

— Elpis, vraiment ? Vous n'entendez pas la confusion ?

— Comment ça ?

— Je suis un peu gênée de vous faire remarquer qu'on entend Fondation « Elle pisse ». Elle urine…

Olivia se retint de rire. Paul Faye plaqua une main sur sa bouche.

— Mon Dieu, quel idiot ! Vous avez raison, il est impossible de garder ce nom. Mais comment ai-je pu laisser passer une telle bourde ?

— Il faudrait peut-être vous allonger sur le divan d'une psychanalyste. Et puis, vous savez qu'Elpis était enfermée dans une jarre. Pour certains spécialistes, ça signifie que la condition humaine demeure sans espoir. C'est en quelque sorte la déesse du désespoir. Ça ne colle pas vraiment avec vos projets *inspirants*.

Il s'affaissa sur son fauteuil.

— Merci, Alice, pour ces précisions. Je vais évidemment changer le nom de la fondation.

— Pourquoi pas Fondation Paul Faye, tout simplement ? fit remarquer Olivia.

— Je ne veux pas personnifier cette fondation, ce sera un travail collaboratif même si je m'y consacrerai à plein temps.

— Quoi qu'il en soit, je vous remercie d'avoir pensé à moi. Je vais y réfléchir.

— Nous pourrions faire de belles choses avec les Biscuits Bonneville. De beaux projets en perspective.

— Vos enfants sont au courant ?

Paul Faye ne leur avait pas encore annoncé qu'il léguerait la quasi-totalité de sa fortune à la fondation. Environ cinquante millions d'euros.

— Je ne leur ai pas encore parlé de ce projet. J'attends le feu vert de mes avocats fiscalistes.

Un silence gênant pointait le bout de son nez.

— Ah Paul, j'allais oublier, bon anniversaire !

— Bon anniversaire ! renchérit Olivia.

Alice ouvrit son sac à main et lui offrit un paquet en furoshiki, une technique japonaise d'emballage dans un tissu. Paul Faye s'empressa de l'ouvrir.

— Du Darjeeling cultivé dans le jardin de Jungpana ! Mille mercis.

— Je vous en prie, Paul. Puis-je vous parler en tête-à-tête ?

— Bien sûr, allons dans mon bureau.

Paul Faye fit pénétrer Alice dans une petite pièce qui ressemblait à une cellule monastique décorée avec goût.

— Installez-vous, fit-il en lui désignant un fauteuil à oreilles. Je vous écoute.

— J'aimerais vous parler d'Inès. Il s'est passé quelque chose de traumatisant pour elle lors de votre dîner. Qu'avez-vous à me dire ?

Paul fixait Alice. Il se pinçait les lèvres, comme s'il tripotait de la pâte à modeler. Il savait qu'elle savait. Elle avait été une criminologue de premier plan, régulièrement invitée dans les médias pour livrer des analyses précises sur de grandes affaires. Mieux valait ne pas louvoyer et lui raconter la vérité. Oui, mais quelle vérité ? Sa vérité ne recouperait pas exactement celle d'Inès. Une affaire d'interprétation des faits. Non, il n'avait pas voulu la toucher, c'était un regrettable accident.

— Alice, je ne vous cacherai pas mes sentiments pour Inès. S'agit-il d'un amour sincère, d'un fantasme lié à nos positions sociales respectives, je ne sais pas, même si les relations entre maîtres et domestiques me répugnent. C'est contraire à ma morale. Mais que voulez-vous, le cœur a ses raisons que l'éthique personnelle ignore.

— Oui Paul, à condition que votre éthique personnelle ne foule pas le consentement de l'être aimé. J'aurais plutôt tendance à vous croire. Expliquez-moi ce qu'il s'est vraiment passé ce soir-là. J'aimerais entendre votre version des faits.

Paul resta silencieux un long moment. Alice ne voulait pas le brusquer. Elle lui sourit comme si elle allait absoudre ses péchés. Ce bureau invitait à la confession et au pardon. Alice tourna la tête vers les vitraux en ogive néogothiques. Au fil des heures, la pièce se tapissait d'une palette de lumières multicolores.

— Je ne sais pas ce qu'il m'est arrivé, mais quand Inès nous a servi le poulet à l'estragon, je n'ai pas pu m'empêcher de lui faire une caresse amicale dans le dos... C'était plus fort que moi.

— Une caresse amicale ? Une caresse *amicale* prodiguée à une employée ? Paul, vous divaguez.

— Je vous le promets Alice, c'était plus fort que moi, je le répète. C'était de l'affection. Je me sentais bien, ce soir-là. Un bref instant, j'ai oublié qu'Inès était à mon service. Je suis désolé de ce qui s'est passé par la suite. J'éprouve tellement de culpabilité de lui avoir fait subir un tel traumatisme. Regardez.

Paul Faye releva les manches de sa chemise sans col et lui montra des plaques rougeâtres sur ses avant-bras.

— Elles sont apparues le lendemain. Je m'en veux tellement, vous savez. Je ne sais pas comment réparer cette… agression.

Alice observait Paul Faye comme si elle ne l'avait jamais vu auparavant, avec un regard neuf, débarrassé de tout préjugé. Évidemment, cette caresse était regrettable et pouvait sans doute être qualifiée d'agression sexuelle mais elle avait devant lui un homme sincère qui regrettait vraiment son geste. Elle n'avait pas l'impression d'être face à un agresseur sexuel, un sociopathe, pervers et manipulateur. Elle en avait pourtant croisé quantité lors de ces expertises pour la police judiciaire. Il s'agissait là d'un déplorable égarement. Elle avait pu consulter le fichier des auteurs d'infractions sexuelles ou violentes. Paul Faye n'y figurait pas.

— Merci Paul, j'y vois plus clair. Je vous invite à ne pas recommencer. Avec qui que ce soit. Dans quelque temps, il faudra sans doute que vous écriviez une lettre d'excuses à Inès, que vous lui enverrez ou pas. La science a démontré qu'écrire ce type de missive avait des vertus thérapeutiques. À condition d'être sincère.

Paul raccompagna Alice et Olivia sur le perron et leur fit un signe de la main.

Elles restèrent silencieuses pendant le bref trajet du retour. Olivia s'était vite endormie, et Alice écoutait les informations à la radio.

Olivia récupéra son coupé Mercedes garé sur le parking municipal de Valmont-sur-Loing et fila vers sa maison de campagne dans l'ouest des Yvelines – un corps de ferme de style anglo-normand bordé d'un bois de hêtres et d'un étang naturel, paradis des hérons et des libellules, où l'attendait son vieil ami historien de l'art, Peter Brandy. Il possédait les clés de la propriété et venait à sa guise pour rédiger des livres consacrés aux peintres scandinaves du XIXe siècle. En ce soir de retrouvailles, il lui avait préparé un velouté de champignons, un navarin d'agneau et une charlotte aux fraises des bois. Un crozes-hermitage agrémenterait ce dîner surprise.

Au même moment, Alice se délassait dans sa baignoire sabot à pattes de lion, en écoutant le *Concerto pour trompette* de Haydn. À travers l'œil-de-bœuf, elle contemplait le ciel mauve qui se reflétait dans l'eau du bain. Elle avait besoin de se détendre, se sentant tiraillée entre sa loyauté envers Inès et la sincérité évidente de Paul. Dans son esprit revenait cette phrase de *La Règle du jeu* de Jean Renoir : « Tu comprends, sur cette terre, il y a quelque chose d'effroyable, c'est que chacun a ses raisons. » Dans sa carrière de professeure de droit pénal et de criminologie, elle avait constaté que, hormis les actes commis par des tueurs en série ou des névropathes, la plupart des meurtriers et des assassins avaient leurs raisons, plus ou moins rationnelles, plus ou moins logiques, plus ou moins acceptables, qui les conduisaient à déposséder l'autre de sa vie, de ses biens, de son prestige, de son bonheur. Presque tous s'étaient un jour sentis lésés, diminués, au point de commettre l'irréparable. Souvent par envie, ce monstre aux yeux verts qui montrait du doigt celui qui avait mieux réussi que vous et riait à pleines dents d'une joie mauvaise, en tapotant vos blessures d'orgueil. Paul aurait pu agresser Inès, elle qui l'avait dépossédé d'un hypothétique bonheur conjugal. Lui faire payer l'humiliation d'un refus, se servir sur la bête pour restaurer son ego. Il n'en avait rien fait et éprouvait désormais de la culpabilité après son absurde *caresse amicale*.

Elle repensa à cette histoire de fondation. Quelque chose la chiffonnait. Elle se rappela le visage de Paul Faye quand elle lui avait demandé si ses enfants étaient au courant. Ses traits s'étaient légèrement contractés. Il allait les mettre devant le fait accompli. Alice savait que deux moyens légaux pouvaient léser des héritiers : contracter une assurance-vie au profit d'un tiers ou constituer une fondation.

Elle quitta à regret son bain, se sécha et se promit de partager ses réflexions avec Haroun. Pourquoi pas ce soir autour d'un plateau de fromages improvisé et d'une salade de mâche aux noix ? Elle savait qu'Haroun avait un faible pour les chèvres demi-secs affinés. Et puis surtout, il n'avait encore jamais vu *La Vie privée de Sherlock Holmes* de Billy Wilder.

15

> « Il n'y a pas de Dieu, pas d'Univers,
> pas de vie terrestre, pas de paradis,
> pas d'enfer. Tout cela n'est qu'un rêve,
> un rêve grotesque et imbécile. »
>
> Mark Twain

Quand elle s'attelait au nettoyage des maisons que l'agence lui confiait, Nathalie Beaufort ne dérogeait jamais à ses rituels. Chez Carole Dupont, elle débutait toujours sa grande œuvre de désinfection par la cuisine, ensuite par les chambres du premier étage, puis par le salon, la salle à manger et enfin la salle de bains, avant de partager une tasse de café et des potins avec son employeuse. Elles étaient devenues presque amies, n'était la dissymétrie de leur position qui empêchait, selon un accord tacite, une amitié totale. En revanche, chez M. Vidal, elle astiquait toujours la salle de bains en premier et la cuisine en dernier. Adepte du bicarbonate de soude et de la cire d'abeille, le propriétaire célibataire du 17, rue Monet interdisait l'emploi de détergent industriel, laissant çà et là des post-it impératifs que Nathalie Beaufort froissait en levant les yeux au ciel. Elle ne le croisait jamais et l'idée de prendre un café en sa compagnie lui aurait paru incongrue. Une chose était indubitable en ce bas monde, ils ne deviendraient jamais *presque* amis.

Ce matin-là, en se rendant chez Paul Faye, Nathalie Beaufort ressentit de l'appréhension, nichée dans une zone floue de son plexus, comme si une méduse invisible s'y déployait. Pour la première fois, elle allait faire le ménage chez une célébrité et elle s'interdisait le moindre faux pas. L'agence lui avait fourni un double des clés, les codes d'entrée, et elle avait relu dix fois la fiche de poste. Paul Faye semblait plus facile à vivre que l'étrange M. Vidal.

Elle appuya sur la sonnette à plusieurs reprises et fut surprise de ne pas recevoir de réponse. Ils s'étaient pourtant donné rendez-vous à 10 h 30 précises. Elle fouilla son sac et n'y trouva pas les clés que l'agence lui avait confiées. Prise de panique, elle courut jusqu'à sa voiture et les dénicha au bout de quelques minutes sous le siège passager. Elle revint au pas de course devant la porte d'entrée et pénétra dans la maison comme s'il s'agissait d'une église, à pas comptés, prête à se signer et à se prosterner devant tant de beauté.

Cette demeure si vaste, chargée d'histoire, inspirait le silence et le recueillement. Cette maison exigerait d'elle des gestes lents et précis. Travailler ici transfigurerait ses tâches ménagères en méditation zen.

— Monsieur Faye, je suis arrivée. Je me suis permis d'entrer.

Personne ne répondit.

— Monsieur Faye ?

Elle entra à pas lents dans la cuisine, émerveillée par les casseroles et les poêles en cuivre, les vieux moules à manqué, à cake, les moules à kouglof, à brioche, les pots à lait, les fouets et les louches accrochés sur un baldaquin suspendu sous un haut plafond à colombages. Comment ne pas exprimer son enthousiasme devant le piano de cuisson à huit feux, l'îlot central en chêne massif, l'évier en pierre de taille et la crédence en faïence du Portugal peinte à la main ?

Au bout de quelques minutes, elle revint sur terre et se dirigea vers l'escalier monumental.

— Monsieur Faye ?

Elle monta les marches en marbre en se tenant à la rampe, resta immobile sur le palier, s'engagea dans le long couloir les yeux plissés. Des portraits de notables de l'avant-siècle la dévisageaient avec sévérité. Toutes les portes du premier étage étaient ouvertes, sauf une, au fond à droite. Sans savoir pourquoi, elle frappa, une fois, deux fois, trois fois.

— Monsieur Faye ?

C'était fermé à clé.

Elle redescendit vers le salon et composa à nouveau son numéro. Elle n'osait pas s'asseoir sur le canapé, qui aurait pu accueillir une équipe de foot junior. Elle perçut une sonnerie qui provenait du premier étage. Elle tendit l'oreille et remonta les escaliers, ne prêtant pas attention aux natures mortes accrochées aux murs. Une coupe de fruits, un saladier de fraises, une raie, des vanités. Oui, la sonnerie venait du fond du couloir. Elle raccrocha puis recomposa le numéro. La sonnerie, l'ouverture de *Guillaume Tell* de Rossini, se faisait plus distincte. Elle avança jusqu'à la chambre close. Les notes sortaient bien de cette pièce. Elle toqua à nouveau et actionna en vain la poignée. Nathalie Beaufort eut la présence d'esprit de sortir de la maison et de se poster à l'extérieur, à l'arrière, côté jardin, face au balcon en pierre de la chambre.

— Monsieur Faye, vous m'entendez ? Monsieur Faye ? cria-t-elle les mains en cornet autour de la bouche.

Sur la droite, elle repéra une remise. Par chance, elle y trouva une échelle posée au sol. Elle la plaça sur le rebord du balcon et parvint à se hisser de l'autre côté de la balustrade. La porte-fenêtre était fermée. Elle approcha son visage de la vitre sans rideau et hurla en apercevant la gorge tranchée de Paul Faye.

16

« N'empoisonne pas
les autres avec tes mots. »

Première vérité celtique

La police scientifique scrutait, observait, mesurait, prélevait, photographiait le moindre centimètre carré de la scène de crime.

La chambre de Paul Faye.

Une pièce lumineuse, apaisante, peu meublée sans être ascétique : table basse en rotin, commode anglaise des années 1960, miroir rond cerclé en bois d'acacia. Sur l'un des murs, un papier peint noir et blanc représentait une plage déserte à la végétation luxuriante où des ibis déambulaient, indifférents à la marche du monde. La victime était allongée sur son lit en chêne massif. La paix de l'âme se lisait sur son visage, la gorge tranchée semblait presque incongrue. Vêtu d'un peignoir en lin, Paul Faye reposait sur la courtepointe en soie aux motifs boteh. Au rez-de-chaussée, la capitaine Mona Belgazzi était accompagnée de son collègue Lucas Mars. Ils s'apprêtaient à interroger Nathalie Beaufort, assise dans l'un des canapés du salon, un mug de thé très sucré entre les mains, calme en apparence, comme si la scène d'horreur qu'elle avait découverte n'était pas réelle.

Belgazzi et Mars s'installèrent en face d'elle.

— Comment vous sentez-vous, madame Beaufort ?

— Je ne sais pas… J'ai encore du mal à croire ce que j'ai vu.

— Prenez votre temps pour nous répondre.

— Ne vous inquiétez pas, ça ira…

Mona Belgazzi débuta l'interrogatoire.

— Nathalie Beaufort, née Denuzière, le 22 juin 1967 à Melun, d'après la pièce d'identité que vous nous avez remise. C'est bien ça ?

— Oui.

— Comment êtes-vous entrée chez Paul Faye ? demanda Lucas Mars.

Elle hésita un instant. Une calme panique s'insinuait lentement dans ses veines. Elle n'avait rien à se reprocher bien sûr, mais c'était ainsi depuis qu'elle était toute petite. Elle éprouvait déjà une culpabilité irrationnelle quand son institutrice du CM1 la scrutait pendant un contrôle, comme si elle avait commis une tricherie, ce qui n'était jamais arrivé au cours de sa scolarité. Le même sentiment coupable l'étreignait quand elle passait devant le portique de sécurité d'un magasin. Elle s'attendait toujours au déclenchement de la sonnette d'alarme, alors qu'elle n'avait jamais rien volé de sa vie. Et quand sa voiture passait à proximité d'une patrouille de gendarmerie, son cœur pulsait à cent cinquante battements par minute, comme si elle avait roulé trop vite, alors que son permis de conduire restait vierge de toute soustraction de points. En d'autres temps, l'empereur-philosophe Marc Aurèle aurait érigé une statue à son effigie pour glorifier l'Honnêteté et la Vertu.

— L'agence pour laquelle je travaille m'a fourni un jeu de clés et une fiche de mission. Je devais commencer ce matin. Paul Faye voulait m'expliquer ce qu'il attendait de moi. Vous savez, chaque client a des demandes bien particulières. Sur des choses à faire et surtout à ne pas faire.

— Vous saviez que vous alliez travailler pour une personnalité ?

— Oui, bien sûr, l'agence m'avait prévenue et j'en avais déjà entendu parler. J'avais signé un accord de confidentialité. Ma fille aînée a lu tous ses livres. Ça l'a beaucoup aidée après son divorce. Ni la thérapie avec un psy ni les médicaments ne lui ont permis de remonter la pente. Mais ses livres, oui. Je ne pourrai pas vous expliquer ce miracle mais je l'ai vue renaître après avoir lu les *Cinq Vérités celtiques*. Vous n'imaginez donc pas ma joie de travailler chez Paul Faye. Il a changé la vie de ma fille.

Mona Belgazzi acquiesça, un œil sur son collègue qui tapotait son stylo sur la table basse, une habitude qui avait le don de l'agacer lorsqu'ils partageaient leur bureau. Mona lui fit les gros yeux en fixant la main coupable. Il s'interrompit et se mit à se gratter le creux de l'oreille avec son stylo, à la recherche de cérumen. Quel sale gosse, se dit-elle. Lucas Mars poursuivit :

— Quand vous êtes arrivée chez Paul Faye, vous n'avez rien constaté d'anormal ? Un bruit particulier, une présence ?

Nathalie Beaufort raconta son arrivée, l'étrange absence de Paul Faye, les appels sans réponse et la sonnerie du portable qui l'avait menée à la macabre découverte.

La gorge nouée, elle fermait les yeux, ravivant cette expérience traumatisante à mesure qu'elle avançait dans son récit. Peu à peu, elle prenait conscience de ce qu'elle venait de vivre. Elle n'avait pas vu beaucoup de cadavres. Sa grand-mère maternelle, dans son lit, décédée de mort naturelle à l'âge de cent deux ans, bienheureuse et entourée des siens, et puis ce cycliste enroulé dans une couverture métallisée au bord de la route il y a une dizaine d'années.

Mona Belgazzi s'approcha d'elle et lui effleura l'avant-bras.

— Je comprends ce que vous avez vécu. Vous avez eu les bons réflexes et vous avez surtout fait preuve d'un grand courage. Si vous voulez contacter un psychologue, voici les coordonnées d'un bon professionnel, n'hésitez pas à l'appeler en cas de besoin. Ce sont les services de police qui prendront en charge ce rendez-vous.

Elle lui tendit la carte d'Arthur Bonneville. Nathalie Beaufort lui sourit sans conviction.

— Une dernière question. Qu'avez-vous fait une fois redescendue ? demanda Mars.

— Eh bien, j'ai immédiatement appelé les secours. Et puis j'ai attendu dans la cuisine comme on me l'a demandé. Heureusement, vous êtes arrivés très vite.

— Merci, madame Beaufort, pour tous les efforts que vous avez fournis. Vous pourrez faire votre déposition demain matin au commissariat de Melun. Voici ma carte, si jamais quelque chose vous revenait. N'hésitez surtout pas à me téléphoner, même pour un détail qui vous paraît insignifiant. J'oubliais, la police scientifique a bien pris vos empreintes digitales ?

La scientifique avait procédé à la discrimination des traces, Nathalie Beaufort leur montra ses doigts.

Elle se leva et s'approcha de la porte-fenêtre qui donnait sur le jardin arrière de la maison et s'imprégna du parfum des magnolias en fleurs. Elle se sentait libérée d'un poids. Belgazzi et Mars se levèrent à leur tour et l'attendirent dans le hall.

— Elle a vraiment eu les bons réflexes. Je me demande quand même comment l'assassin a pu quitter la chambre alors que tout était fermé, lâcha Lucas.

— Le meurtrier a très bien pu faire un double de la clé de la chambre ou bien crocheter la serrure. Rien de plus facile pour épaissir le mystère.

— Quelle est l'utilité de faire ça ?

— Ça, mon pauvre, c'est notre boulot de le découvrir.

Au premier étage, la police scientifique poursuivait ses investigations. Le commandant de police Stéphane Gerbier et le commissaire Raphaël Blondin allaient arriver d'un instant à l'autre, ainsi que le substitut du procureur de la République, Damien de la Houssaye.

Nathalie Beaufort récupéra son sac dans la cuisine et se dirigea vers la porte d'entrée en chêne massif, ornée de ferronnerie. Elle semblait quitter ce manoir à regret, en dépit de ce qu'elle y avait vécu. Mona la raccompagna jusqu'à sa voiture. De gros nuages gris étaient apparus dans le ciel.

Nathalie lui demanda :

— Vous pensez qu'il a souffert ?

— Vous savez, aucun vivant n'a connu cette expérience unique, lui répondit Mona avec sollicitude, il est impossible d'affirmer avec certitude qu'un mort n'a pas souffert, quel que soit le type de décès.

Sur ces sages paroles, Nathalie lui serra la main et remonta dans sa Clio, juste avant qu'une averse tiède ne balaie Valmont-sur-Loing et ses environs.

17

« Le jour appartient à ceux qui se lèvent tôt. »

Proverbe yiddish

En ce mercredi matin, Alice s'était réveillée un peu plus tard que d'habitude, vers 7 heures. Une grasse matinée qui va me gâcher une partie de la journée, ronchonna-t-elle. Pas plus d'un verre de vin blanc le soir, je devrais pourtant le savoir.

Adepte des levers très matinaux, elle aimait depuis toujours ce temps en plus pour lire, cuisiner, marcher au bord du Loing, regarder un film, avec ce doux sentiment d'être seule au monde, alors que la maisonnée dormait encore à poings fermés. Le dimanche par exemple, son bon vieux Georges restait sous la couette jusqu'à 8 heures, sa fille n'émergeait jamais avant 9 heures du matin et Arthur pas avant la fin de la matinée. Le samedi, Alice avait tout de même imposé un petit-déjeuner commun vers 10 heures. Bien avant le lever du soleil, elle leur préparait des brunchs dignes d'un palace étoilé : brioche, pancakes et scones maison, café filtre, Earl Grey et jus d'oranges pressées, sans oublier les œufs Bénédicte accompagnés de pommes de terre sautées à l'ail. Désormais, Alice partageait ce goût de l'aube avec Mona – du moins quand la fille de cette dernière dormait chez son père, un week-end sur deux. Elles se retrouvaient vers 6 heures du matin pour un atelier pâtisserie. La dernière fois, il y a quelques semaines, elles avaient confectionné des montecaos. La mère de Mona les préparait avec du saindoux mais Alice avait eu un haut-le-cœur à cette évocation. « Et pourquoi pas du sang de cochon tant qu'on y est ? »

La veille, après son thé chez Paul Faye, elle avait passé la soirée avec Haroun, autour d'un plateau-repas composé d'un Mothais sur feuille et d'un vouvray sec. Ils avaient regardé *La Vie privée de Sherlock Holmes* en reprenant deux fois du clafoutis à la cerise, qu'Haroun avait préparé sans noyaux, au grand dam d'Alice. Elle, allongée dans le canapé qu'un moine cistercien aurait refusé tant il était confortable, lui, assis dans l'un des deux fauteuils à oreilles du salon télé, les jambes sur le repose-pied à franges en velours, un plaid en laine sur les genoux. Haroun avait pincé son pouce contre son index pour stopper toute velléité lacrymale, comme s'il appliquait un garrot sur ses émotions, lors de la scène d'adieu entre l'espionne et Sherlock Holmes, quand au loin dans la calèche, le personnage interprété par Geneviève Page ouvrait et refermait son ombrelle pour lui déclarer son amour en code morse. Quel objet utiliserait-il avec Alice ? Une ombrelle de cocktail ? Un parapluie ?

— Quelle merveille, dit-il, je ne comprends pas pourquoi je ne l'ai jamais regardé.

— Vous avez vu cette scène d'adieu ? Mais quelle tristesse ! Cet amour qui ne s'est jamais concrétisé… C'est à pleurer. Quels idiots !

— Oui, c'est vrai, avait répondu Haroun sur un ton détaché.

— À propos d'amour non déclaré, je suis allée chez Paul Faye cet après-midi. Il voulait me parler d'un projet de fondation. Au moment où je partais, il m'a avoué qu'il était tombé amoureux d'Inès. Il n'a jamais su lui exprimer ses sentiments car il trouvait grotesque de faire une telle déclaration à sa femme de ménage. Quoi qu'il en soit, il regrette, il n'a pas arrêté de s'excuser. Son geste était machinal, m'a-t-il expliqué. Le corps qui parle. Bref, pourrait-on qualifier cette caresse inopinée d'agression sexuelle ? Une caresse dans le bas du dos ? Peut-être, il faudrait que je consulte la jurisprudence en la matière. De toute manière, Inès ne déposera pas de plainte. J'ai tout de même conseillé à Paul Faye de lui écrire une lettre d'excuses le moment venu, et surtout d'être dans la démarche la plus sincère possible. Qu'en pensez-vous ?

— Oui, je vous suis, une lettre de contrition peut avoir un impact positif. Mais Inès va-t-elle vraiment lui pardonner ? Elle a subi un choc violent. Et puis il y a eu ce fameux tako-tsubo. Ne va-t-elle pas appréhender de revivre un tel syndrome ? Ce n'est pas rien un cœur qui s'emballe, une tension artérielle qui s'envole, des douleurs dans la poitrine. Je me souviens de mon attaque de panique il y a quelques années, après la mort de ma femme. Je peux vous assurer que je redoute la prochaine ! C'était horrible, on a vraiment l'impression qu'on va mourir dans la minute. Je me rappelle encore cette oppression, ce souffle coupé. Cette sensation d'étouffer. Non merci !

— Oh, je suis vraiment désolée, Haroun. Si jamais ça vous arrive à nouveau, vous m'appelez dans la minute. Même en pleine nuit. Je vous l'ordonne !

— C'est adorable, mais si jamais ça recommençait, j'ai toujours un quart d'anxiolytique dans la poche.

— Saint Lexomil, priez pour nous, avait-elle persiflé. Je reste persuadée que le corps d'Inès peut inconsciemment continuer à en vouloir à Paul Faye. Une chose est sûre, cette caresse a réactivé le souvenir d'une tentative d'agression sexuelle commise il y a quelques années par Gérard Bouillot, vous savez, le milliardaire ultra-réac.

— Ah bon ?

— Oui, elle travaillait dans son manoir. Dieu merci elle a réussi à se sortir des griffes de cette ordure. Elle n'a jamais porté plainte et il y a désormais prescription. La mère d'Inès lui avait conseillé de ne rien faire. Elle devrait voir un psy. Faire une thérapie brève.

— Il paraît que l'EMDR fonctionne très bien dans les cas de stress post-traumatique. Je m'étais renseigné à l'époque de mon attaque de panique. C'est une technique qui guérit les traumatismes psychologiques grâce à des mouvements oculaires rapides, des stimulations tactiles ou auditives. Avec l'aide du thérapeute, cela permet au cerveau de se libérer des émotions nuisibles. Mais Arthur vous en parlera cent fois mieux.

— Je ne sais pas si votre EMDR est efficace quand on boit trop, mais je sens que je vais dormir comme une souche.

— Une bouteille à deux, on ne peut pas dire qu'on se soit saoulés !

— Certes mon cher Haroun, mais trois verres suffisent à m'assommer, je ne bois presque jamais, et à mon âge désormais vénérable, le corps parle une langue que je comprends parfaitement, croyez-moi. J'aurais dû faire comme vous, boire beaucoup d'eau. Je vous ai observé, vous êtes vraiment un *control freak* ! Ne jamais perdre le contrôle, telle pourrait être votre devise.

Haroun avait éclaté de rire.

— L'inconvénient, c'est qu'il y a des choses que je ne peux vraiment pas contrôler. L'âge n'aide pas non plus en la matière.

Il avait quitté à contrecœur le confort du fauteuil et s'était dirigé vers les toilettes. Alice s'était étirée sans complexe et avait consulté les messages sur son téléphone. Agathe Saint-Vincent avait avancé le club de lecture et après de vifs débats, *Lettre à mon juge* de Simenon était au programme. Juliette Darbois n'avait pas réussi à imposer son Paul Faye et Pascal Boitard s'était battu en vain pour John Grisham. Arthur lui avait écrit qu'il dormirait à Paris ce soir. Encore une de ses conquêtes.

Elle s'était levée et avait débarrassé le plateau-repas, puis elle avait ensuite raccompagné Haroun dans le hall d'entrée. Tandis qu'elle le serrait dans ses bras comme un frère, il avait eu envie que l'étreinte se prolonge un peu plus. Il avait jeté un coup d'œil vers les parapluies multicolores disposés près de l'escalier et avait voulu en prendre un, dire à Alice des mots tendres en code morse, à reculons, en ouvrant et en fermant le parapluie de l'amour, jusqu'au portail. Je vous aime .–. / - . – - . .–. Ne pas faire la même erreur que Sherlock Holmes et sa douce espionne, s'était-il dit en remontant la rue de la Reine.

18

> « Tout autour de nous, le monde n'est plus que fleurs de cerisier. »
>
> Ryôkan

La nouvelle de l'assassinat de Paul Faye eut un retentissement similaire à l'affaire Kaminski. La presse locale et nationale s'était massée devant le manoir du « pape du développement personnel », comme l'appelaient les chaînes d'info sur bandeau rouge dans leurs journaux.

La police scientifique et technique avait terminé ses premières investigations.

Sur l'immense table basse du salon, Mona Belgazzi et Lucas Mars avaient éparpillé leurs notes. Leurs supérieurs, Stéphane Gerbier et Raphaël Blondin, venaient d'écouter le compte rendu de l'interrogatoire de Nathalie Beaufort. Le substitut du procureur de la

République était retenu par l'incendie d'un Ehpad de Melun.

— Qui était exactement ce Paul Faye ? demanda le commandant Gerbier. Je n'en avais jamais entendu parler.

— Il est né à Paris en 1963, répondit Lucas Mars. C'est un auteur de best-sellers. Des livres de développement personnel traduits dans le monde entier. *Les Cinq Vérités celtiques* est son ouvrage le plus célèbre. Une bouillie mystico-philosophique pour citadins stressés.

— Je ne parlerais pas de bouillie mystico-philosophique, Lucas, rétorqua Mona, c'est un peu condescendant pour ceux qui y trouvent du réconfort, mais plutôt de conseils que la sagesse universelle répète depuis la nuit des temps.

— Bref, abrégea Blondin. Quel est son réseau, qui sont ses amis, ses ennemis ?

— D'après nos informations, Paul Faye soutenait de nombreuses organisations, poursuivit Lucas Mars. Les Petits Frères des pauvres, La Croix-Rouge, la Fondation pour la Recherche Médicale. Il est agrégé de philosophie. Il a quitté son poste de maître de conférences à l'université Paris-VIII il y a une dizaine d'années. Divorcé, célibataire, deux enfants. Emma et Julien.

Emma Faye, vingt-huit ans, interne en maladie infectieuse. Julien Faye, trente-deux ans, avocat fiscaliste à Londres chez Stanford & Hall. Nous vérifierons leurs relations avec leur père. Ils doivent arriver lundi matin. Lui vit à Londres, et sa fille est à Belle-Île-en-Mer où elle a passé le week-end avec son petit ami chez sa belle-famille. Son ex-femme Charlotte Bonnard a ouvert un studio de yoga sur la butte Montmartre. Paul Faye lui a laissé un vaste appartement avec toit terrasse, avenue Junot. Il est peu présent sur les réseaux sociaux. Hormis un compte officiel Facebook, pas de compte personnel sur Instagram ou sur Twitter. Nous allons analyser sa vie numérique. À l'heure actuelle, nous ne savons pas s'il avait des *haters*. En tout cas pas d'ennemis publics connus à ce jour.

Des *haters*, répéta Gerbier dans sa tête en levant les yeux au ciel.

— Savons-nous si des objets précieux ont été volés, des bijoux, des objets d'art, des liquidités, ses cartes bancaires ? demanda Blondin.

— A priori non, pas de traces de vol, répondit Lucas. À première vue, la maison n'a pas été retournée. Il se pourrait que l'assassin connaisse la victime. Peut-être que Paul Faye lui a ouvert, en tout cas nous recherchons des traces d'effraction. La maison est vaste et les points d'entrée sont très nombreux.

Sandra Lévitan prit la parole. Médecin légiste au Service régional de police technique et scientifique de Versailles, fraîchement quadragénaire, elle semblait revenue de tout et son teint hâlé contrastait avec les cadavres qu'elle côtoyait. Elle exposa ses premières constatations tandis que des bourrasques paraissaient vouloir pénétrer dans la maison.

— Selon la rigidité cadavérique, Paul Faye est sans doute décédé hier soir entre 20 heures et 22 heures, 23 heures tout au plus. Une plaie est visible sur le cou, et quelques gouttes de sang ont été retrouvées sur le drap-housse et sur son peignoir, ainsi que sur l'oreiller. D'après la morphoanalyse des traces de sang, il me paraît impossible que cette blessure ait causé sa mort. Il s'agit d'une plaie peu profonde qui n'a pas altéré les organes vitaux. C'est une plaie certes spectaculaire mais elle n'a atteint ni les artères carotides ni les veines jugulaires. Ni la carotide primitive droite ni la carotide primitive gauche. Ce coup de couteau n'est pas la cause première de sa mort.

— Comment ça ? intervint Gerbier, de mauvaise humeur, comme souvent quand il n'avait pas eu le temps de déjeuner.

— Je répète : Paul Faye n'est pas mort égorgé. C'est une mise en scène que vous aurez tout le loisir d'éclaircir. Nous attendons ses analyses sanguines ainsi que les prélèvements du tube digestif et de la vessie.

— Et concernant les traces ADN de la scène ? demanda le commissaire Blondin.

— Le laboratoire nous enverra les premiers éléments dans quarante-huit heures. Hormis cette plaie à la gorge, nous n'avons pas constaté de traces de lutte, pas de traces de contusions, ni de coups. Il est possible que Paul Faye ait été tué dans son lit, ou alors on l'y a déposé après sa mort. Pour l'instant nous n'avons pas détecté d'autres empreintes que celles de la victime.

— Avez-vous retrouvé des fibres suspectes sur le lit, les meubles, le sol ? demanda Mona.

— Oui, elles sont en cours d'analyse.

— Vous dites que vous n'avez retrouvé aucune trace apparente de contusions, de coups, de strangulation, ou de blessures sur le corps de la victime, hormis celle à son cou, qui n'aurait donc pas causé la mort ? demanda Lucas Mars, décidément mal réveillé.

— Qui *n'a pas* causé la mort, insista Sandra Lévitan, comme si elle réprimandait un enfant de cinq ans.

— Quelle pourrait être alors la cause probable du décès ?

— Je ne peux pas m'avancer pour l'instant, j'en saurai davantage demain matin après l'examen du corps. Mais il ne faudrait pas exclure la piste de l'empoisonnement.

— Qui empoisonne encore en 2023 ? Vous vous souvenez de la dernière affaire d'empoisonnement à laquelle nous avons dû faire face ? fit remarquer le commandant Gerbier.

Blondin le dévisagea comme s'il avait dit une ineptie.

— Pourquoi diable un assassin prendrait-il le soin d'empoisonner sa victime puis de simuler un égorgement ? insista Gerbier.

Chacun semblait perdu dans de profondes conjectures, marquées de rides du lion, de moues dubitatives et d'yeux plissés.

Le commissaire Blondin, naturellement peu bavard, interrompit ce silence peu productif.

— J'aimerais consulter le rapport d'analyse du portable de Paul Faye et ses relevés bancaires le plus rapidement possible.

Ces paroles impérieuses marquèrent la fin de la réunion. Ils se quittèrent sans se serrer la main – nul n'avait l'audace d'oublier l'haptophobie, la phobie des contacts manuels du commissaire.

Blondin et Gerbier retournèrent à l'hôtel de police de Melun, tandis que Mona et Lucas restèrent sur place pour mieux sentir l'esprit des lieux, et pour « explorer le cosmos qu'est une maison », pour reprendre l'idée de Gaston Bachelard.

— Je n'aimerais pas vivre ici, lança Lucas.

— Ah bon ? J'ai vraiment la chance de bosser avec le type le plus bizarre de Seine-et-Marne. Mon pauvre, cette maison est une merveille, regarde-moi ces fenêtres à meneaux et ce parquet en point de Hongrie, mon rêve !

— Désolé mais je me sens plus en sécurité dans un appartement. Je détesterais vivre dans une maison, surtout de cette taille. Et surtout seul.

Mona le regardait, mimant la consternation. Il poursuivit :

— Imagine une seconde que tu fasses un grave malaise. Mais, ma vieille, qui va te sauver si tu habites dans cette grande baraque ? Aucun voisin à l'horizon. Nada. Non, mais quelle angoisse ! Au moins, quand tu vis en appart, tu peux sonner chez ta voisine qui appellera les pompiers tout en te caressant le dos pour te rassurer.

— Arrête tes conneries, monte.

Lucas obtempéra et ils se dirigèrent vers la chambre de Paul Faye. Rien de frappant à première vue.

— À ton avis, demanda-t-il, comment l'assassin est sorti de la chambre ?

— Mon intuition me dit qu'il y avait une clé dans la serrure. Paul Faye se protégeait peut-être des intrus en s'enfermant la nuit. J'ai remarqué des clés dans chacune des serrures des chambres de l'étage. L'assassin a dû refermer la chambre de l'extérieur pour donner un côté *Mystère de la chambre jaune* à son crime.

— J'ai vu le film. À chier. Mais tu as sans doute raison.

Mona allait lui rétorquer que le film était un bijou quand la sonnerie de son portable l'interrompit.

— Bonjour Alice, vous allez bien ?

— Bonjour Mona, c'est horrible, je viens d'apprendre la mort de Paul Faye à la télé. Je vous ai entraperçue sur les images. Il faut que je vous voie au plus vite. J'étais avec Paul Faye hier après-midi.

— Vous l'avez vu hier ? Où voulez-vous que l'on se retrouve ?

— Au London-Essaouira dans une heure, ça vous va ?

— Parfait, à tout à l'heure.

Mona raccrocha puis envoya un message à son compagnon Guillaume pour l'informer qu'elle rentrerait tard. Elle prit l'air quelques minutes sur le balcon en pierre et inspira lentement le parfum des cerisiers du Japon, en pleine floraison. Des *prunus serrulata*, se souvenait-elle, comme lui avait appris son père. Elle inspira de nouveau en fermant les yeux. Le visage buriné et bienveillant de son père lui apparut, plus présent que jamais.

19

> « Un seul être vous manque,
> et tout est dépeuplé. »
>
> Lamartine

— Il est donc mort le jour de son anniversaire…

— D'après mes souvenirs, ce fut aussi le cas du peintre Raphaël et du président Roosevelt, répondit Alice.

— Mieux vaut ça que mourir le jour de sa naissance.

Elles fixèrent Haroun, l'air affligé.

— Vous pensez que c'est un pur hasard ? se demanda Mona.

— Non, d'après ce que vous me dites, l'assassin a mis en scène son crime, même si cette mise en scène est assez minable. Ça ne m'étonnerait pas qu'il, ou elle, ait choisi cette date pour signer son forfait. Paul Faye est né en 1963, c'est bien ça ? Il a donc fêté ses soixante ans.

Un chiffre rond. En lien avec la boucle qui relie son anniversaire au jour de sa mort. La boucle est bouclée si je puis dire.

— Ça me paraît un peu fantaisiste. Quelle pourrait être la signification de ce symbolisme assez simplet ?

— Brouiller les pistes peut-être ? Laisser croire à une vengeance savamment orchestrée ?

— Il n'avait visiblement pas d'ennemis connus, du moins dans l'espace public. En faisant une recherche sur internet je n'ai pas repéré de polémique notable, pas de *bad buzz*, même en fouillant dans les tréfonds de Google. Quelle était la visée de cette fondation ?

Alice haussa les épaules.

— « Des projets qui ambitionnent de changer le monde » selon sa formule, il avait un côté messianique un peu ridicule. Quoi qu'il en soit, il semblait sincère dans sa démarche. Le seul problème, c'est que lorsque vous créez une fondation, la succession est moins dotée pour les héritiers. C'est une élégante spoliation qu'il est difficile de contrer, sauf à passer pour un rapace. Paul Faye m'a révélé qu'il n'avait encore rien dit à ses enfants. Vous savez ce qu'ils font dans la vie ?

— Son fils est avocat fiscaliste à Londres. Sa fille poursuit des études de médecine à Paris, répondit Mona.

— Comment peut-on déshériter ses enfants de la sorte ? intervint Haroun en déposant une assiette de crumpets arrosés de beurre salé fondu, de cassonade et d'éclats de noisettes torréfiés.

Il avait baissé le rideau un peu plus tôt que d'habitude. Dehors, les derniers clients se pressaient pour acheter une baguette de pain ou du fromage avant la fermeture des commerces de bouche du centre-ville. La brasserie Sisley, au style Art nouveau, accueillait les premiers convives du soir. Les envies de terrasse se faisaient sentir. On y entendait rire et palabrer des couples et des amis. La bande-son de leur insouciance était un antidote à la misanthropie.

— Haroun n'a pas tort, fit remarquer Alice.

— Vous êtes trop aimable.

— A-t-il voulu créer cette fondation pour léser ses enfants ? Et si oui, pourquoi ? Ces crumpets sont à tomber, ajouta Alice sans aucun sens de la transition. Le mélange du beurre salé fondu et de la vergeoise est terriblement jouissif. Mais comment faites-vous pour les rendre aussi moelleux ?

— Vous pensez vraiment que je vais vous livrer mon secret ? Il faudrait m'épouser pour que je daigne partager cette recette maternelle !

Alice lui tira la langue et reprit aussitôt un visage grave. On dirait vraiment une psychopathe quand elle passe ainsi de la gaieté à la sévérité, mais je l'aime quand même, pensa Haroun.

— Et Inès ? s'inquiéta Alice.

— Il faudra que nous l'interrogions, réagit Mona. Je suis allée chez elle après la main courante qu'elle avait déposée contre lui. Une femme revêche m'a répondu à l'interphone.

— Sa mère. Une peau de vache. J'ai rarement vu une mère et une fille aussi dissemblables. Elle me fait penser à Cruella, en plus petite.

— D'après ce que vous m'avez raconté, Inès a subi un traumatisme important, elle aurait pu agir contre lui, dans un état de confusion mentale.

— Inès est incapable de commettre un crime. Elle m'a affirmé qu'elle était passée à autre chose.

— Alice, vous vous souvenez de ce que je vous ai dit hier soir, intervint Haroun. La mémoire inconsciente du corps. Après ce qu'elle a vécu, son psychisme s'est peut-être déréglé. Elle a peut-être agi sur une pulsion incontrôlable. Il faudrait interroger Arthur à ce sujet.

— Non mais je rêve, Haroun, où vous incriminez cette pauvre Inès devant un officier de police judiciaire ?

— Rassurez-vous Alice, nous sommes ici entre amis, je ne suis pas en service. Lucas ne sait même pas que je suis avec vous, je lui ai juste dit que vous aviez vu Paul Faye hier après-midi. Haroun émet simplement des hypothèses, certes sans fondements, je vous l'accorde. Vous ferez votre déposition officielle demain matin à Melun. Merci pour votre accueil, Haroun. Je vous laisse vous faire engueuler. Je n'aimerais pas être à votre place. Au fait, c'est Lucas qui prendra votre déposition, je serai en congé.

Haroun lui fit signe de sortir par l'arrière du salon de thé. Alice l'aida à débarrasser la table – elle n'allait évidemment pas l'incendier. Elle observa la brasserie Sisley. Le jour déclinait, le ciel devenait mauve. Le souvenir des dîners là-bas avec Georges remonta à la surface. Leur rituel, une fois par semaine aux beaux jours. Invariablement, il commandait des harengs pommes à l'huile et une sole meunière. Elle, du saumon gravlax et un tournedos pommes sautées. Et le même dessert à deux, des profiteroles au chocolat.

Elle soupira et vint s'installer dans le fauteuil club.

— Vous pensez vraiment qu'Inès serait capable d'assassiner quelqu'un ?

— Je pense que nous sommes tous capables de franchir la ligne, à un moment ou à un autre de notre vie. *Le Passage de la ligne*, c'est d'ailleurs l'un de mes Simenon préférés.

— Haroun, je suis épuisée. Ce soir, je me couche tôt. J'ai envie d'un sommeil sans rêves. L'idée de rêver me fatigue d'avance.

— Alice, vous vous priveriez du meilleur film du monde, mis en scène par le meilleur metteur en scène du monde : votre inconscient !

— Mon inconscient me dit de répondre à l'appel de la forêt. J'ai besoin de retrouver mes chers arbres. Vous m'accompagnerez ? Je vous appelle demain.

En la voyant s'éloigner par la fenêtre, il se souvint de cette réflexion de Stendhal sur la beauté, « cette promesse du bonheur ».

*

Alice se sentait abattue. Un sentiment inhabituel chez elle. Sa maison lui paraissait vide sans Arthur, qui avait découché. Elle aurait aimé partager avec lui ses réflexions sur le début de l'enquête. Elle regrettait aussi les conversations avec Georges après une journée de travail. Se confier un verre de chardonnay à la main, assise sur l'une des chaises hautes de la cuisine, sur les heures qui venaient de s'écouler, se sentir soutenue et comprise à l'évocation de cet abruti de Pinson qui manœuvrait pour devenir doyen de la fac de droit. Et Georges qui acquiesçait, même quand elle n'avait pas forcément raison, toujours à ses côtés dans l'adversité, lui caressant l'épaule. Au cours de leurs trente ans de mariage, il ne l'avait jamais rabaissée ou humiliée, ni durement critiquée. Elle l'aimerait pour toujours.

Elle s'installa dans le canapé du salon télé et regarda les chaînes d'info, à la recherche de nouvelles sur l'assassinat de Paul Faye. L'incendie de l'Ehpad de Melun, dix morts et vingt blessés, avait relégué le « pape du développement personnel » au second plan. Elle éteignit le téléviseur. Inès occupait son esprit. Elle éprouvait de vrais sentiments d'amitié pour elle. Mais ne s'était-elle pas trompée en lui faisant confiance quand elle lui disait, le cœur sur la main, que tout allait bien, qu'elle était passée à autre chose ?

Elle envoya un message à Arthur.

Arrive-t-il qu'un stress post-traumatique perturbe les facultés de jugement d'une victime et la pousse à commettre des actes répréhensibles ? Je ne sais pas si tu as vu, mais Paul Faye a été assassiné et je crains qu'Inès figure parmi les principaux suspects. Je te laisse le temps d'y réfléchir, on s'en reparle demain. À quelle heure rentres-tu ? J'irai sans doute me balader en forêt avec Haroun, du côté des Trois Pignons. Je t'embrasse, ta tante préférée.

Elle se rendit dans le jardin pour respirer le parfum de la glycine et des rosiers. Sans raison précise, elle décida d'aller rendre une visite surprise à Inès, même s'il fallait subir la présence de sa mère. Sur le parking municipal, une Mini Cooper klaxonna. C'était Victoire de Rosemonde, qui s'arrêta à sa hauteur et descendit de son véhicule. Elles firent une entorse à leur règle tacite de non-effusion en se faisant un hug malaisant.

— Quelle tristesse, je ne me remets pas de la mort de Paul Faye. J'en suis profondément affectée.

Ma pauvre, tu es surtout affectée par la perte d'un membre éminent de ton réseau et d'une manne financière pour l'association Saint-Vincent-de-Paul, vitupéra Alice intérieurement.

— Nous perdons une figure de notre communauté. Je suis aussi effondrée que vous. Dieu seul sait qui a pu commettre un tel crime.

— Les chaînes d'info affirment qu'il a été égorgé dans son lit. Notre monde est devenu tellement inhumain, même ici, dans notre chère vallée du Loing ! Je dois vous avouer que je me sens en insécurité depuis quelque temps. Voyez le terrain vague à côté du Super Market, il est envahi par des camping-cars de… Vous savez…

— De ?

— Vous savez bien… des camping-cars de Gitans.

— Quel rapport avec la choucroute ?

— Eh bien, on ne se sent pas toujours en harmonie avec ces gens-là…

— *Ces gens-là* ? Croyez-vous, chère Victoire, que votre doux Jésus soit totalement en harmonie avec vous à ce moment précis de la conversation ? dit Alice avec le grand sourire insincère qui convenait à ce genre de circonstances. N'oubliez pas que *vous*, *moi*, *ces gens-là*, partageons 99,9 % du même ADN. 99,9 %. Bon, je suis hélas pressée, nous nous verrons au club de lecture.

Comprendre et ne pas juger, telle était la devise de Georges Simenon.

Victoire de Rosemonde bafouilla et remonta dans sa voiture en maudissant cette donneuse de leçons gauchiste, pendant qu'Alice filait à toute vitesse chez Inès. Quand elle sonna à l'interphone, une voix modérément affable lui répondit :

— C'est pour quoi ?

— J'aimerais parler à Inès. C'est Alice Bonneville.

— Ah… Je vous ouvre.

Alice monta les quatre étages sans être essoufflée, à son grand étonnement.

Masquant mal sa contrariété, Inès la fit pénétrer dans le salon. Sa mère était tapie dans la cuisine et n'avait pas daigné venir la saluer. Les enfants jouaient dans leur chambre sans faire de bruit. Elles s'installèrent sur le canapé en velours synthétique à l'assise défoncée.

— Qu'est-ce que vous faites là ? Rien de grave j'espère ? Vous voulez boire quelque chose ?

— Non, merci, c'est gentil. Vous avez appris, évidemment, que Paul Faye a été assassiné ?

— Oui bien sûr, j'ai reçu des notifications sur mon téléphone, mais je n'ai pas eu le temps de regarder les infos.

— Pourquoi ne m'avez-vous pas appelée ?

— Vous appeler ? Pour quoi faire ?

— Je ne sais pas. Vous avez déposé une main courante contre lui, ce n'est pas anodin.

— Oui, mais j'avais l'intention de la retirer.

— Mais vous ne l'avez pas fait.

— C'est vrai.

— Pourquoi ?

— Je ne voulais pas répéter la même erreur qu'avec Gérard Bouillot. Au fond de moi, quelque chose m'en empêchait. Une petite voix que j'ai écoutée.

— Vous savez que la police va vous interroger ? Vous êtes une suspecte potentielle. Cette main courante que vous n'avez pas retirée ne joue pas en votre faveur.

Alice sentait que la mère d'Inès déployait ses antennes pour grappiller des bouts de conversation.

— La capitaine Belgazzi a lu votre main courante. Elle vous a rendu visite, rappelez-vous.

— Elle m'a laissé un message sur mon répondeur mais je ne l'ai pas rappelée. Je ne savais pas qu'elle était venue chez moi.

— Votre mère ne vous a rien dit ? C'est elle qui lui a répondu quand elle a sonné.

Le visage d'Inès se contracta.

— Maman ! Tu peux venir deux minutes ?

Teresa Goya apparut à la seconde dans l'encadrement de la porte du séjour.

— Une policière est venue mais je n'étais pas là, tu te souviens ? Mona Belgazzi. Pourquoi tu ne m'as rien dit ?

Teresa Goya répondit sur un ton monocorde :

— Ça m'est sorti de l'esprit.

Elle salua Alice d'un bref mouvement de tête et retourna dans sa cuisine.

Alice bénit le ciel – sa propre mère était l'antithèse de Cruella.

— Inès, où étiez-vous mardi soir, entre 20 heures et 23 heures ?

— J'étais chez moi.

— Que faisiez-vous ?

— C'est un interrogatoire, Alice ? Je ne comprends pas à quoi vous jouez.

— Je vous protège en répétant l'interrogatoire que vous allez subir. Croyez-moi, Mona Belgazzi a beau être mon amie, elle ne vous ménagera pas. Elle est redoutable. À côté d'elle, un rottweiler affamé paraît aussi adorable qu'une peluche.

Inès soupira.

— J'étais à la maison, je vous assure. On a regardé « Top Chef » avec maman. Elle s'est couchée avant moi.

— Vers quelle heure ?

— Je ne sais plus, pendant les publicités peut-être.

— Et ensuite ?

— J'étais sur les réseaux sociaux, sur mon portable. Je n'ai pas vu le temps passer, je zappais d'une vidéo à une autre, vous savez comment c'est.

— Non justement, je ne sais pas.

Alice regrettait ce ton un peu sec, mais il était hors de question de montrer le moindre signe de complaisance.

— De toute façon, la police va borner votre portable. Je sais que vous dites vrai. Mais la capitaine Belgazzi pourrait considérer que vous avez sciemment laissé votre téléphone à la maison avant de vous rendre chez Paul Faye.

Inès haussa les épaules.

— Quel serait mon mobile ? Je gagne quoi à l'éliminer ? La facilité, c'était de me laisser séduire. De sortir avec lui, de m'habituer à lui. Et un jour, de l'épouser. Profiter de sa belle maison et de toutes ses richesses. Mettre mes enfants à l'abri, leur assurer une belle scolarité. Devenir Inès Faye, rendez-vous compte ! Une femme respectée. En apparence. Dans mon dos, les critiques, je les aurais entendues. Ah oui, Inès Faye, la boniche qui a mis le grappin sur son patron. La fille de Gitans, la voleuse de poules qui a carotté le magot.

Inès regardait droit devant elle.

— Oui bien sûr, vous auriez pu choisir cette voie-là, répliqua Alice. Mais vous ne l'avez pas fait car vous êtes une femme de valeur, je vous l'ai déjà dit. Le problème, c'est que Paul Faye a ravivé le traumatisme de l'agression de Gérard Bouillot. Je me mets à la place de la police. Vous auriez pu perdre les pédales, vouloir vous venger de ce tako-tsubo qui vous a tellement déstabilisée. Je pourrais comprendre que vous ayez commis un tel acte. Avec ce choc, votre discernement aurait pu être altéré. Je vous cite de mémoire le premier alinéa de l'article 122-1 du Code pénal : « La personne atteinte au moment des faits d'un trouble psychique ou neuropsychique ayant aboli son discernement ou le contrôle de ses actes demeure irresponsable pénalement. »

— Je vous le répète une dernière fois : je n'ai pas tué Paul Faye.

— Je vous crois, et j'espère que la police vous croira aussi.

Inès se leva et la raccompagna sur le pas de la porte d'entrée.

— Je dois coucher les enfants. Je vous tiendrai au courant de l'interrogatoire.

En dépit du moment pénible qu'elles venaient de vivre, elles s'embrassèrent de bon cœur.

Arrivée chez elle, une fois démaquillée, douchée et ensevelie sous sa couette, Alice fixa longtemps la reproduction encadrée du tableau de Jacob Van Ruisdael que Georges lui avait offerte pour célébrer leurs noces d'émeraude, *Dunes en bord de mer,* accrochée sur sa droite au-dessus de la commode. Elle s'endormit sans se souvenir de son rêve au petit matin.

20

« Quand j'écoute trop Wagner,
j'ai envie d'envahir la Pologne. »

Woody Allen

Alice avait oublié l'abruti qui avait jeté son paquet de cigarettes vide dans la bruyère et elle ressentait une quiétude absolue de l'esprit, comme après chaque randonnée en forêt. En fin de matinée, après sa déposition à l'hôtel de police de Melun, elle s'était aventurée du côté de Milly-la-Forêt, une partie du massif forestier de Fontainebleau qu'elle connaissait assez mal. Elle s'était décidée sur un coup de tête, quitte à y revenir avec Haroun en fin d'après-midi. Tout s'était bien passé avec Lucas Mars, toujours aussi précis et modérément cordial. Cela n'avait duré qu'une heure, mais Alice avait été un peu déçue de ne pas se voir offrir un café ou un verre d'eau. Elle avait faim et n'avait rien avalé depuis la veille au London-Essaouira (il fallait vraiment qu'Haroun partage sa recette de crumpets si *fluffy*). Elle gara sa Coccinelle devant un restaurant à la mode de Barbizon, Le Millet. Les ongles rongés et sales du serveur la rebutèrent. Cela ne présageait rien de bon. Alice n'aimait pas juger les gens sur leur apparence, mais le manque d'hygiène était rédhibitoire. Elle s'était installée en terrasse et voulut déguerpir mais le garçon au teint livide revint aussitôt avec son flan de courgettes et morilles à l'espuma de foie gras. Elle détourna le regard des mains du serveur. Elle faillit vomir dès la première bouchée, avec cette douce sensation de mordre dans une éponge imbibée d'eau de vaisselle parfumée au champignon. L'idée que ces horribles doigts aient pu toucher son plat nourrissait sa nausée. Elle laissa trente euros sur la table et s'enfuit pour aller se préparer une omelette à la maison.

Arthur s'était enfermé dans son bureau pour tourner une vidéo qu'il avait intitulée *Comment savoir s'il est temps de rompre ?* Il la débutait en citant Proust : « Il est vraiment rare que l'on se quitte bien, car si on était bien, on ne se quitterait pas. »

Après le déjeuner, Alice s'allongea – s'affala – sur la méridienne du salon de lecture, et reprit *Northanger Abbey* à la page 23, pour s'endormir page 24.

Arthur la réveilla en milieu d'après-midi, en lui effleurant le bras. Son sourire se figea quand elle aperçut une nouvelle fois la tache mobile devant ses yeux. Elle préféra ne pas lui en parler, comme si cela pouvait aggraver les choses. Elle s'imaginait déjà atteinte d'une cataracte prématurée. Avait-elle développé une hypocondrie depuis la mort subite de Georges ? Cette peur de tomber malade ne cadrait pas avec sa gourmandise insouciante, sinon elle aurait pu prendre les mesures diététiques nécessaires, légumes vapeur, quinoa, pois chiche, *sans sucre* et *sans gluten*. Elle se fit tout de même la promesse de consulter le Dr Touchard avant son départ à la retraite et d'arrêter une bonne fois pour toutes les œufs mayonnaise, désignés boucs émissaires de cette cataracte tant redoutée.

— Que faisais-tu ?

— Une vidéo pour ma chaîne. *Comment savoir s'il faut rompre ?*

— Quand on commence à se poser ce type de questions c'est le début de la fin, non ?

— Je ne pense pas, je crois beaucoup à la seconde chance en amour.

— Oui, c'est ton mantra. Et tu sais que si je n'avais plus supporté ton cher oncle, je l'aurais quitté.

— Tiens, l'autre jour, l'une de mes patientes avait envie de planter sa fourchette dans la carotide de son mari. Elle ne supportait plus ses bruits de bouche. Nous avons fait une séance d'hypnose plutôt efficace. On a peut-être évité un drame, qui sait ?

— Il y a assez de meurtres comme ça en ce moment. Sinon, tu n'as pas répondu à mon SMS, lui dit-elle sur un ton de reproche. Penses-tu que le traumatisme subi par Inès aurait pu la conduire à tuer Paul Faye ?

— Je voulais t'en parler de vive voix. Les victimes d'agression peuvent ressentir un stress extrême, un traumatisme où se mêlent sidération et dissociation. On peut constater une anesthésie émotionnelle et physique, une sensation d'irréalité, d'étrangeté, d'absence. Les mécanismes qui gèrent la réponse émotionnelle sont très perturbés.

— Donc, c'est possible.

— Dans l'absolu, oui. Tu m'as dit que ce Gérard Bouillot l'avait agressée dans une buanderie. Elle a dû ressentir une peur intense, seule dans ce lieu clos, avec ce gros porc, pardonne-moi ma vulgarité… Bref, quand Paul Faye l'a caressée dans le dos, elle a dû ressentir ce que les spécialistes appellent une reviviscence traumatique. Cette répétition se manifeste physiquement, et s'accompagne de l'émotion ressentie au moment du trauma. Dans le cas d'Inès, la frousse qu'elle a ressentie quand Bouillot a mis ses pattes sur elle.

— Tuer Paul Faye pour ce motif te paraît donc plausible ?

— Oui.

— Pourquoi ne pas avoir plutôt assassiné Bouillot ?

— C'est Paul Faye le responsable de cette reviviscence. Et de ses conséquences. Sa chute lors du fameux dîner, son syndrome du cœur brisé. Bouillot est certes la matrice de ce traumatisme, mais c'est Paul Faye qui est en bout de chaîne. C'est lui qui paye les pots cassés, en quelque sorte.

— Elle a un alibi assez solide. Elle regardait la télé avec sa mère le soir du meurtre.

— Tu parles d'un alibi.

— Oui, c'est vrai. Imagine la scène : Inès laisse son portable chez elle pour éviter d'être repérée, elle sort en catimini de son appartement pendant que sa mère dort. Elle se rend chez Paul Faye en toute discrétion. Elle connaît le code de l'alarme et elle détient un trousseau de la propriété.

— C'est un peu bizarre de t'entendre incriminer Inès.

— Oui, je me fais honte, crois-moi. Ta chère Tante Alice se désolidarise de la professeure émérite de droit pénal…

— Un joli cas de dissociation.

— Bref, Inès se rend chez Paul Faye… Elle n'a pas besoin de gants en latex car si on retrouve des empreintes digitales chez lui, elle peut justifier qu'il est naturel de retrouver son ADN puisqu'elle travaille là-bas.

— J'ai vu sur Twitter qu'on l'avait sauvagement égorgé. Un vrai bain de sang dans sa chambre, paraît-il.

— Je ne sais pas d'où sort cette info mais je peux te certifier que c'est faux. Figure-toi qu'il n'a pas été égorgé. Sa blessure au cou est superficielle.

— Comment a-t-il été zigouillé alors ?

— La police ne le sait pas encore. Il s'agit peut-être d'un empoisonnement. D'après les premières constatations de la médecin légiste, aucune trace de coups, de blessures ou de contusions.

— Et c'est Mona Belgazzi qui t'a raconté tout ça ? Bravo le secret professionnel de la police !

— Oui je sais. Article 11 du Code de procédure pénale, « les fonctionnaires de police sont soumis au secret de l'enquête et de l'instruction ». Nous sommes dans une zone grise avec Mona. Elle a été l'une de mes élèves les plus brillantes, et je l'ai soutenue dans des moments difficiles. Elle a failli lâcher ses études après la mort de son père. Un cancer du pancréas foudroyant. J'avais connu Amar Belgazzi à la fac de droit. Un type très honnête et juste, beau garçon à l'époque, genre ténébreux taiseux. Un gros bosseur qui s'est arraché à son milieu modeste pour devenir inspecteur de police. Disons que Mona m'est reconnaissante de ne pas l'avoir laissé sombrer.

La sonnette d'entrée retentit, un extrait de *La Walkyrie.* Il faut vraiment que je change un jour cette musique, songea Alice en ouvrant la porte. C'est Georges qui avait choisi ce morceau pour moquer son côté « force de la nature ». Pourtant elle détestait Wagner mais changer cet air, ce serait un peu trahir Georges. Elle eut envie de rire en voyant Haroun en tenue de randonneur du dimanche.

— Attendez-moi deux minutes, je monte me changer. Arthur va vous faire un café.

— Tante Alice, je viens avec vous deux, j'ai besoin de prendre l'air en forêt.

Après ta nuit sauvage, songea Alice en souriant.

Haroun feignit l'enthousiasme.

— Un café allongé, comme d'habitude ?

— S'il te plaît.

— Sans sucre, et un nuage de lait.

— Quelle délicate attention, je me méfie quand même de ta gentillesse, je sens que ta tante t'a mandaté pour me soutirer la recette de mes crumpets, fit Haroun d'un air entendu.

— Vous l'aimez, c'est ça ?

— Qui ça ?

— Le pape.

— Qu'est-ce que tu racontes ?

— J'ai vu votre déception quand j'ai dit que je venais avec vous.

— Ma déception ?

— Vous savez qu'il est possible de détecter des émotions cachées au moindre mouvement musculaire du visage, à condition d'être un peu expert.

— Tu as beau être un éminent psychologue, tu te trompes. J'éprouve une profonde et sincère amitié pour ta tante.

— Je n'en doute pas. Une amitié tout à fait amoureuse.

Haroun leva les yeux au ciel et changea de sujet.

— Mon fils a adoré ta vidéo sur les signes révélateurs de la tromperie dans le couple.

— Moi, vous ne me trompez pas, Haroun. Mais rassurez-vous, je ne lui dirai rien, chuchota-t-il quand Alice apparut dans une élégante tenue de sport.

— J'aimerais vous montrer un adorable endroit du côté de Milly-la-Forêt, pour changer des Trois Pignons, on prend ma voiture.

Vingt minutes plus tard, ils se retrouvaient sur un large chemin caillouteux bordé de pins. Ils discutaient de la série *Desperate Housewives*.

— Mais j'assume totalement mon côté Bree Van de Kamp. À deux cents pour cent, dit-elle en riant.

— Je ne te contredirai pas sur ce point, Tante Alice. Ton goût de l'ordre ménager et de la propreté confine à l'obsession. Tu devrais consulter, je te ferai un prix de neveu. Je plains ton futur mari, fit-il remarquer, en lançant un regard en coin à Haroun. Le point positif, c'est que tu gaveras ton cher époux de tes délicieux scones et de muffins, jusqu'à ce que mort s'ensuive.

— Pour ma part, intervint Haroun, je me sens proche de Susan Mayer. Son côté foutraque, et maladroit.

— Et moi, Haroun, je me sens très Gabrielle Solis, dit Arthur sur un ton égrillard. En vérité, je vous le dis, sous mon honorable carapace de docteur en psychologie se cache un homme *caliente*, mentit celui qui n'avait plus envie de sexe depuis longtemps, tout en laissant sa tante lui imaginer des aventures érotico-sentimentales débridées.

Il ne voulait surtout pas l'inquiéter, avec son abstinence choisie. Un beau jeune homme qui décide de ne plus faire l'amour traverse forcément un épisode dépressif, aurait décrété sa tante.

Ils avaient marché deux heures et revenaient à présent à leur point de départ.

— Tiens, c'est ici que j'ai pris en flagrant délit le sagouin qui a jeté son paquet de cigarettes dans la nature, dit Alice en désignant un massif de bruyère cendrée. J'aurais pu me faire égorger si ce type avait senti que je bluffais !

— C'est quoi ce truc qui brille là-bas ? dit Arthur en s'approchant d'un chêne centenaire, en contrebas du talus.

Au pied, des sangliers avaient gratté le sol à la recherche de nourriture. Et avaient laissé à découvert une lame de couteau et un morceau de manche en bois.

Arthur s'apprêtait à le déterrer.

— Ne touche surtout à rien, le somma Alice. Un couteau enterré au pied d'un arbre ? On dissimule rarement ce type d'objet sans raison valable. Il faut que j'appelle Mona.

21

> « Le sentiment de culpabilité
> est un aiguillon puissant. »
>
> Paul Auster

Les analyses digitales du couteau furent sans appel. La police scientifique et technique avait retrouvé les empreintes d'Inès Goya sur le manche et des microtraces du sang de Paul Faye sur la lame.

Alice Bonneville était effondrée. Inès, mise en examen ? Elle n'arrivait pas à y croire. Sa femme de ménage avait donc manipulé un couteau qui avait servi à tuer Paul Faye. Elle ne pouvait rien face à cette évidence. C'était comme dans un cauchemar dont on peine à se réveiller. Et, de surcroît, Alice ressentait une pointe de culpabilité d'avoir contribué à sa garde à vue, après la découverte de l'arme dans la forêt.

Allongée sur une chaise longue du jardin, profitant de la tiédeur de la matinée, un mug de café fort et quelques spéculos à portée de main, elle se refaisait le film des conversations avec Inès. Elle essayait de repérer les moments où la jeune femme aurait pu lui mentir. Alice sentait viscéralement quand on lui mentait. En formation continue, elle avait suivi un cours sur les microexpressions faciales du mensonge, basé sur les travaux du psychologue américain Paul Ekman. Certes, ce n'était pas une science exacte et elle n'était pas devenue une experte internationalement reconnue du sujet, mais quelques signaux d'alerte lui permettaient de sentir quand un vendeur occultait les défauts d'un produit ou lorsque son amie Olivia, enjolivant la réalité, lui racontait sa nuit torride avec un jeunot de quinze ans son cadet.

Quelque chose clochait. La capitaine Mona Belgazzi lui avait expliqué que la blessure au cou n'avait pas causé la mort de Paul Faye, et qu'à ce stade de l'enquête, ils suspectaient un empoisonnement. Comment Inès aurait-elle pu se procurer du poison, et de quel poison pouvait-il d'ailleurs s'agir ? Le temps des empoisonnements à la Agatha Christie, quelques gouttes d'aconit dans une tasse d'Earl Grey, semblait révolu.

Quoique. Pouvait-il s'agir de l'administration massive d'un médicament ? Elle avait consacré des cours à ce sujet. L'administration de la substance mortelle peut se faire par petites quantités, de façon sournoise, l'accumulation progressive du poison entraînant la mort de façon inéluctable. Une compagne de Paul Faye aurait pu lui verser chaque jour quelques gouttes d'un poison inodore, au goût neutre, dans sa verveine du soir ou son expresso du matin, mais il était divorcé. Il était peu probable qu'Inès ait pu lui faire avaler de petites doses de poison aussi fréquemment. Si elle avait empoisonné Paul, elle lui aurait sans doute fait avaler une dose unique et fatale qui l'aurait tué d'un coup, ou presque. Du potassium ?

Arthur apparut et Alice sursauta.

— Tu m'as fait peur, idiot. Tu n'es pas censé travailler ?

— Mon prochain patient aura vingt minutes de retard, dit-il en s'allongeant sur un transat. Tu as l'air soucieuse, c'est à cause d'Inès ?

— Oui, je me demande si elle aurait pu empoisonner Paul Faye. Et surtout, comment elle aurait pu se procurer une telle substance.

— Sur internet, sur le darknet ?

Alice fit la moue.

— Tu imagines Inès en train de commander son poison sur internet comme on commande des chaussures ?

— C'est une piste. La police est sans doute en train d'analyser son ordinateur et son smartphone pour savoir si elle a effectué de telles recherches. Quelque chose me fait tiquer. Si Inès avait tué Paul Faye, je pense qu'elle aurait employé des moyens plus sanglants. Elle lui en veut terriblement, de façon disproportionnée. Tu ressens de la colère après avoir été offensé ou agressé. Comme je te le disais, cette émotion traduit un grand mécontentement qui peut conduire à une réaction brutale. Irrationnelle. Dans ce cas, je suis persuadé qu'Inès se serait acharnée sur le corps de Paul Faye. Se venger en lui faisant mal, de façon visible. Elle aurait utilisé le couteau que nous avons retrouvé pour lui administrer plusieurs coups mortels. Dans ce cas, il y aurait eu du sang partout dans la chambre. En agissant ainsi, elle aurait purgé sa colère, dans une forme de catharsis.

Ils se turent un instant pour écouter le pépiement des bergeronnettes grises et des fauvettes à tête noire.

— Tu as sans doute raison. Après son choc psychologique, je ne la vois pas élaborer une vengeance sournoise à l'aconit. Elle aurait agi de façon pulsionnelle, c'est évident. Une supposition. Le soir du meurtre, Inès regarde « Top Chef » avec sa mère, mais elle ne parvient pas à se détendre. Elle ne le montre pas à sa mère mais elle se sent mal. C'est une femme solide, mais c'est plus fort qu'elle, elle n'arrête pas de penser à ce qui lui est arrivé. Elle panique à l'idée de refaire un tako-tsubo. Mets-toi à sa place. Ton cœur prend l'apparence d'un piège à poulpe et il mime un infarctus. L'horreur. Elle ne supporte pas qu'un Gérard Bouillot ou qu'un Paul Faye ait bousillé sa santé physique et mentale. De peur que ça recommence, elle fait des crises d'angoisse. Imaginons qu'elle en ait vécu une cela ce soir-là.

— Une attaque de panique dure en moyenne une vingtaine de minutes. Elle aurait pu prendre un quart de Lexomil le temps de s'apaiser, ou respirer dans un sac en papier.

— Respirer dans un sac en papier?

— Quand tu paniques, ton corps est en hyperventilation, tu respires trop d'oxygène et tu expulses trop vite le gaz carbonique de ton organisme. Un déséquilibre s'installe avec tous les symptômes que je viens d'évoquer. En respirant ton propre gaz carbonique dans un sac en papier, tu rétablis un équilibre. Mécaniquement, ton corps s'apaise. En physiologie, on parle d'homéostasie, quand ta tension artérielle, ta température, ta respiration reviennent à la normale.

— Je ne sais pas si Inès a fait une attaque de panique ce soir-là, mais tu as raison, elle a pu ressentir de la colère à l'idée que tout cela recommence d'un instant à l'autre. Avec cette envie irrépressible de se venger de Paul Faye. Ça se tient.

— Dans ce cas, je ne crois pas du tout à la culpabilité d'Inès.

— Il faut absolument que je voie Mona pour lui raconter nos hypothèses.

Alice se leva et s'étira.

— Je vais demander à Haroun ce qu'il en pense.

— Ce besoin permanent de voir Haroun, dit-il, un sourire en coin.

Elle fit mine de ne pas l'entendre et rentra à l'intérieur mais revint aussitôt vers lui.

— Ce que je ne comprends pas, ce sont les traces sur le couteau.

Un son de clochette retentit. Arthur se leva et se dirigea vers la seconde entrée de la maison. À travers la petite grille en métal insérée dans la porte, il vit son client. Un nouveau client, la cinquantaine agonisante, qui avait besoin de le voir de toute urgence. Un type en chandail inapproprié en cette saison et qui ressemblait à un koala neurasthénique.

22

« L'envie et la colère abrègent les jours. »

L'Ecclésiaste

— Vous me garantissez le secret professionnel ?

— Bien évidemment, monsieur…

— Basile de Bénédictis.

— Ça fait partie de notre déontologie professionnelle. Quel est le motif de votre consultation ?

— J'ai eu des envies de meurtre récemment.

— Je tiens tout d'abord à vous remercier pour votre confiance. Que voulez-vous dire par là ?

— Des idées de meurtre m'ont récemment traversé l'esprit.

— Tenez, asseyons-nous sur ces fauteuils, nous serons beaucoup plus à l'aise pour échanger.

Et surtout plus près de la fenêtre, ce type sent l'âne mouillé, se dit Arthur.

— Vous avez donc des idées de meurtres, c'est bien ça ?

— Pas exactement, c'est une expression pour vous dire que je ressens de la colère contre quelqu'un.

— Quel type de colère ressentez-vous ?

— De l'envie. Pas de la jalousie. Des sentiments envieux.

— Racontez-moi d'abord qui vous êtes.

Basile de Bénédictis fut désarçonné par cette demande. On lui demandait rarement *qui* il était, mais plutôt ce qu'il faisait dans la vie, ce qu'il pensait de la livraison de sa machine à laver ou du projet de réforme des retraites du gouvernement. Mais *qui* il était ? Quasiment jamais. *Qui suis-je ?* Une question vertigineuse à laquelle il n'avait pas vraiment envie de répondre.

— J'ai cinquante-huit ans. Divorcé, deux petites filles. Je suis maître de conférences en philosophie à Nanterre, je vis à Paris, près du métro Marx Dormoy.

— Et vous êtes venu en urgence me consulter à Valmont-sur-Loing, à une centaine de kilomètres de Paris ? s'étonna Arthur.

— Je fais une retraite dans l'abbaye Notre-Dame-de-Sion, à l'entrée de la ville. Depuis quinze jours. C'est pour cela que je vous ai appelé.

— Je vois. Une retraite spirituelle, dites-vous ?

— Oui, j'avais besoin de prendre un peu de recul. Fuir la foule, Paris, mon travail. Mon ex-femme.

— C'est contre elle, les envies de meurtre ?

— Non, pas du tout. Elle, je l'aurais tuée depuis longtemps, elle me pourrit la vie, mais c'est la mère de mes deux filles, dit-il le plus naturellement du monde, comme s'il avait affirmé qu'il aimait les sandwichs au thon.

Ce type devient flippant, s'inquiéta le psychologue.

— Pouvez-vous me dire ce que vous ressentez en ce moment à propos de ces envies de meurtre ?

— Eh bien, la personne que j'avais envie de tuer, entre guillemets, est décédée il n'y a pas très longtemps. Bizarrement, ma colère ne s'est pas calmée.

— Pourquoi ?

— Je ne saurais pas vraiment comment vous l'expliquer. Je ne me réjouis pas de sa mort, bien sûr, mais la colère est là, nichée quelque part par ici, dit-il en désignant son ventre.

— Que ressentiez-vous exactement quand vous enviiez cette personne ?

— Je ne sais pas. De la frustration et du ressentiment, tout simplement.

— Ça se traduisait de quelle manière ?

Basile de Bénédictis fit une pause et observa la mésange bleue qui s'était posée sur le rebord de la fenêtre recouvert de lierre.

— De la haine, des aigreurs d'estomac. Des coups de poignard dans le cœur à chaque fois que je le voyais à la télé ou dans un magazine. J'ai beaucoup prié pour qu'il trébuche de son piédestal, pour qu'il ne connaisse plus le succès.

— Il s'agit d'une personne qui a réussi dans le même domaine que vous ? Rassurez-vous, je ne vous demanderai pas de me donner son identité.

— Si on veut. En tout cas, nous avons commencé ensemble nos études de philosophie, nous étions enseignants, mais pas dans la même université. J'ai même été le parrain de son fils, et puis...

Basile de Bénédictis regarda à nouveau la fenêtre, la mésange bleue s'était envolée. Arthur l'encouragea en hochant la tête.

— Et puis, nos chemins se sont séparés. Il a connu un immense succès. C'est à partir de ce moment-là que j'ai ressenti cette morsure de l'envie. Elle ne m'a plus quitté et a sans doute contribué à mon divorce. Un proverbe oriental dit que l'envie n'a point de repos.

— Avez-vous parlé de ce que vous ressentiez à cette personne ?

— Humm… Vous imaginez la scène ? Dire à un ami que vous enviez son succès, sa richesse, sa belle maison, ses beaux enfants ? Sa femme. L'envie reste toujours un des ressorts les plus inavoués des relations en société.

Il n'a pas tort. On peut avouer sa gourmandise, sa paresse, son goût du sexe, mais envier son beau-frère ou sa voisine, c'est une autre histoire, se dit Arthur.

— Monsieur de…

— Bénédictis.

— Monsieur de Bénédictis, pardonnez-moi. Vous aviez conscience de cette envie dévorante. Quels moyens avez-vous employés pour lutter contre ces sentiments ?

— Fuir. Ne plus le voir. Du jour au lendemain, je me suis éloigné. Par chance, nous ne travaillions pas dans la même fac. J'ai prétexté l'écriture d'un livre, des difficultés dans mon couple, l'éducation chronophage de mes jumelles. Peu à peu, nous nous sommes éloignés. Quand il m'invitait à des événements qu'il organisait ou à des remises de prix, je n'y allais pas. Prendre de la distance m'a fait du bien. Le problème, c'est que la douleur de la morsure se ravivait quand je tombais sur une affiche de lui dans le métro, j'avais envie de la déchirer. Ou quand il passait dans une émission de radio, je coupais le son immédiatement. Et puis au fil du temps, la blessure se calmait, jusqu'à la douleur suivante.

— Dans ces moments-là, sur une échelle de 0 à 10, à quel niveau auriez-vous mesuré cette douleur ?

— 7, 8…

— Et aujourd'hui ?

— 3… 4…

— Et votre estime de vous ?

— Elle était à marée basse quand la douleur revenait. Et elle remontait quand elle s'éloignait.

— La philosophie vous a-t-elle aidé à surmonter tout cela ?

— Je ne suis pas persuadé que la philosophie ait des vertus thérapeutiques. Elle peut tout au plus nous permettre d'apaiser nos névroses, et de les comprendre. Soigner, je ne sais pas.

— Je pense que l'acceptation de ses émotions désagréables est l'une des pistes. Accepter et reconnaître cette envie, en refusant qu'elle vous étouffe. Si vous le voulez, nous pourrons travailler là-dessus lors d'une prochaine consultation ?

— Accepter ce qui ne dépend pas de nous. C'est très stoïcien comme approche, non ?

— Un peu, oui. L'idée de cette thérapie brève sera de vous aider à retrouver le sens de l'action pour vous éloigner des sables mouvants de l'envie.

Basile de Bénédictis acquiesça.

— Avez-vous déjà suivi une thérapie ?

— Oui, quand j'ai fait une petite dépression. Une psychanalyse. Elle ne m'a pas vraiment guéri, mais c'était intéressant d'un point de vue narratif, j'ai pu mieux comprendre mon histoire personnelle. Sinon, les antidépresseurs ont été mes amis les plus fidèles.

— Bien, la séance est terminée. Avez-vous quelque chose à me dire avant de partir ?

Le patient réfléchit de longues secondes avant de répondre :

— Parler avec vous a quelque peu soulagé ma culpabilité.

Ils se levèrent, Basile de Bénédictis régla sa séance et ils prirent un autre rendez-vous avant la fin de sa retraite à l'abbaye. Arthur lui indiqua la sortie par le mur d'enceinte.

Il descendit à la cuisine pour boire un verre d'eau fraîche, avec beaucoup de glaçons. Le gros pull en laine de son nouveau patient lui avait donné des bouffées de chaleur et des suées dans le dos. Cette séance, pourtant courte, l'avait épuisé et le confrontait à sa propre réussite. Assis à la table de ferme qui trônait au centre de la pièce, il se demandait si le succès de ses vidéos sur les réseaux sociaux – plus de cinquante mille abonnés à ce jour – suscitait des sentiments envieux autour de lui. Notamment quand des proches le complimentaient un peu trop, comme Ismaël, avant-hier, son meilleur ami depuis la fac de psychologie. Portait-il un masque hypocrite pour dissimuler son ressentiment ? Le critiquait-il une fois qu'il avait le dos tourné ? Se faisait-il valoir auprès des autres en s'attribuant le mérite de son succès ? Soudain, cette citation du philosophe grec Démonax lui revint à l'esprit et il en ressentit une vive émotion : « Les amis font plus de mal que les ennemis parce qu'on ne s'en méfie point. »

23

« Certaines nostalgies remontent à la surface sans prévenir. »

Yasmina Reza

Alice eut la surprise de recevoir un mail de Julien Faye. Débarqué de Londres en Eurostar la veille au matin, il avait pris un taxi jusqu'à Melun pour être interrogé par la police, et il souhaitait rencontrer au plus vite l'une des dernières personnes à avoir vu son père en vie.

Elle lui répondit aussitôt. Trente minutes plus tard, ils convenaient d'un rendez-vous en fin d'après-midi au London-Essaouira. Elle se refit une beauté devant la coiffeuse en teck aux lignes intemporelles, qui avait appartenu à sa mère dans les années 1960.

Il faut que j'appelle maman, songea Alice.

Elsa de Rosemonde faisait une croisière dans les fjords norvégiens, à bord de *L'Express Côtier*, en compagnie de sa meilleure amie, Priscilla Grunberg.

Elles s'étaient connues enfants et rien n'avait jamais altéré leur amitié. Son père, Guillaume de Rosemonde, résistant de la première heure, avait sauvé la famille Grunberg des camps d'extermination en organisant leur fuite à Londres en 1943, et fut reconnu Juste parmi les Nations peu avant sa mort en 1983. La simple évocation de sa mère réconfortait Alice en toutes circonstances. Son élégance, sa bienveillance, son intelligence, sa bonté. Elle restait un modèle, jamais écrasant. À la mort de Georges, Elsa de Rosemonde s'était installée chez sa fille pendant plusieurs mois, aussi proche que jadis. Arthur aimait assister à leurs taquineries, qui ne dépassaient jamais les limites du respect mutuel. Georges l'adorait aussi et son comportement à son endroit déjouait les clichés sur l'animosité supposée entre un gendre et sa belle-mère.

Alice arriva en avance au London-Essaouira, désert en cette fin de journée, le temps de papoter avec Haroun qui écoutait le *Concerto pour piano et orchestre n° 21* de Mozart en lisant le *Sunday Times*. Lui aussi était convaincu de l'innocence d'Inès, à l'instinct.

— Comment allons-nous prouver qu'elle n'est pas coupable ? Les preuves jouent contre elle. Et comment a-t-on pu retrouver ses empreintes digitales et l'ADN de Paul Faye sur un couteau qui ne l'a visiblement pas trucidé ? C'est absurde. Pourquoi Inès se serait-elle amusée à cette mise en scène ridicule ? Si elle l'avait empoisonné, pourquoi lui taillader le cou ? Je n'y comprends rien, soupira Haroun.

— Et les enfants de Paul Faye ont un alibi solide. Ils étaient à des centaines de kilomètres le soir de l'assassinat. À Londres et à Belle-Île. Bon, ils auraient pu engager un tueur à gages.

— Et pourquoi pas la milice Wagner, tant que vous y êtes ?

— Vous ne savez pas de quoi sont capables les enfants spoliés d'un héritage.

— C'était votre cas ?

— Non. Mais j'ai vu un tas de films qui en font le ressort de l'intrigue.

— Mouais.

Il lui fit une grimace et elle l'imita en riant. Julien Faye pénétra dans le salon de thé à ce moment-là. Il portait un costume sur mesure et, armé d'une beauté surnaturelle, il sentait bon le garçon populaire depuis la maternelle. Il s'avança vers Alice, assise au comptoir. Elle se leva de son tabouret pour lui serrer la main.

— Alice Bonneville, je tiens à vous présenter toutes mes condoléances.

— Je vous remercie infiniment d'avoir accepté ma demande. Je tenais vraiment à rencontrer. Vous êtes l'une des dernières personnes à avoir vu mon père vivant.

Elle lui indiqua l'un des deux fauteuils club près de la cheminée en pierre.

— Que voulez-vous boire ?

— Un thé noir, s'il vous plaît, dit-il en souriant faiblement à Haroun.

Ce type est incapable d'engager le moindre tueur à gages, décida immédiatement le propriétaire du London-Essaouira.

— Vous venez de Londres ?

— Oui, je suis arrivé hier matin et je me suis aussitôt rendu au commissariat de Melun. Évidemment, je n'ai pas encore vu mon père. Je dois formellement reconnaître sa dépouille demain matin. Ensuite je subirai un interrogatoire. Je vous avoue que j'appréhende ce moment.

Julien Faye avait traversé l'existence sans grandes tragédies, jusqu'à la mort de son père.

— Je vous comprends.

— Je tenais également à vous voir car vous étiez ma professeure de droit pénal. En licence.

— J'espère ne pas avoir été trop rude dans mes notations !

— Vous aviez la réputation d'être sévère, mais juste.

— Tatie Bonneville, c'est comme cela que les étudiants me surnommaient, si ma mémoire est bonne ?

Julien sourit.

— Ce n'est pas faux.

Haroun déposa les tasses de thé et leur offrit des *welsh cakes* à la fleur d'oranger et au beurre salé.

— Comment était mon père quand vous l'avez vu ? Paraissait-il inquiet, préoccupé ?

— Non, pas particulièrement. Il avait l'air serein. La police vous a informé de la garde à vue de sa femme de ménage, Inès Goya ? Sachez que Mme Goya a subi un choc violent chez votre père.

Alice lui raconta dans le détail ce qui s'était passé ces derniers jours. Julien Faye paraissait abasourdi par ces révélations.

— Après cet incident, votre père a exprimé de vifs regrets. Lors de ma visite, je l'ai invité à se faire pardonner par écrit.

— Je suis désolé d'entendre tout ça. Vous semblez bien connaître cette femme.

— Oui, elle travaille chez moi et elle est devenue une bonne amie.

— La police a retrouvé ses empreintes et des traces du sang de mon père sur le couteau. L'enquête sera sans doute bouclée rapidement.

Alice Bonneville lui fit part de ses doutes sur la culpabilité d'Inès et lui exposa le point de vue d'Arthur.

— Vous êtes une professeure de droit respectée, mais vous êtes toutefois l'amie d'une meurtrière. Il est normal que vous la défendiez.

— Je comprends vos doutes et votre colère froide.

Alice se pencha vers lui et posa une main sur son épaule.

— Je vous avoue que mes sentiments sont anesthésiés. Je ne parviens pas à éprouver de la tristesse, je n'arrive pas à croire que mon père soit mort dans de telles conditions.

Il s'interrompit pour reprendre ses esprits. Il tenait sa tasse entre ses mains, comme on s'accroche à une bouée pour ne pas sombrer. Alice fixait l'affiche de *Coup de foudre à Notting Hill*, et une onde de nostalgie parcourut son épine dorsale. Elle se souvenait du jour, de l'heure et du lieu où elle avait vu ce film avec Georges. Le 19 août 1999, au Gaumont Ambassade, sur les Champs-Élysées, à la séance de 18 heures. Elle respira un grand coup pour se ressaisir et rompit le silence :

— Votre père m'a confié un projet qui lui tenait à cœur. Il semble qu'il ne vous ait pas tenu au courant de cette initiative.

— La Fondation Elpis.

— Vous saviez ?

— Oui. Il y a quelques mois, j'étais en vacances chez lui et je cherchais le livret de famille dans son bureau. J'en avais besoin pour faire refaire mon passeport perdu. En ouvrant un tiroir, je suis tombé sur le document de travail de cette fondation. J'étais un peu désarçonné. J'ai attendu qu'il m'en parle mais il n'a jamais évoqué le sujet. Ni avec moi ni avec ma sœur.

— Pourquoi étiez-vous désarçonné ? C'est un beau projet humaniste.

— Madame Bonneville, enfin, ne jouez pas les naïves, dit-il en secouant la tête. Mon père est l'auteur qui vend le plus de livres en France, il est traduit dans des dizaines de langues. Sa fortune est estimée à plus de cinquante millions d'euros. J'aime profondément mon père, je ne suis pas un garçon vénal. Mais tout de même, ce projet de léguer l'essentiel de sa fortune et de ses droits d'auteur à une fondation ne m'a pas à proprement parler exalté.

— Et votre sœur ?

— Je pense qu'Emma s'est réjouie à l'idée de ne plus dépendre de la manne financière de notre père. Elle ne me l'a pas dit comme ça, mais j'ai senti chez elle une joie intérieure. Après ses études de médecine, elle souhaite s'engager auprès de la Croix-Rouge ou d'Oxfam International. Disons que je suis plus matérialiste qu'elle, et que je rêve un jour d'acheter une maison dans le quartier de Notting Hill, dit-il en désignant l'affiche du film. Vous connaissez les prix de l'immobilier à Londres…

— Si vous avez bien suivi mes cours, vous savez que les histoires d'héritage restent le terreau privilégié des affaires criminelles. Souvenez-vous de l'affaire Gucci que nous avions décortiquée en classe.

— Vous pensez vraiment que j'aurrais pu commanditer un assassinat comme l'a fait Patrizia Reggiani ?

— Je n'ai pas dit cela.

— Mais vous le pensez. En attendant, seule votre amie est en garde à vue. Et sur le point d'être mise en examen par un juge d'instruction.

Alice acquiesça, il ne fallait pas brusquer ce jeune homme endeuillé.

— Je vous remercie encore d'avoir pris le temps de me voir.

Ils se serrèrent la main.

— N'hésitez surtout pas à m'appeler. Non, c'est pour moi, ajouta-t-elle quand il sortit un billet de vingt euros de son portefeuille en peau de crocodile.

Il la remercia et se dirigea vers la voiture de location garée à proximité de l'église.

— Vous n'en avez pas perdu une miette, caché derrière votre journal, lança-t-elle à Haroun en souriant.

— Ce type n'a pas pu engager de tueur à gages. Je l'ai senti sincère. Vraiment affecté par la mort de son père, même s'il a affirmé que ses émotions étaient anesthésiées.

— À propos de l'héritage, il a anticipé mes éventuels soupçons, c'est plutôt malin de sa part. Mais sa sincérité m'a également convaincue. Je ne le sens pas manipulateur. Il n'en a pas besoin. Sa beauté manipule les autres pour lui.

— C'est le genre de type qui plaît aux femmes de tous les âges et aux hommes même quand ils ne sont pas gays.

— Vous êtes séduit ? demanda Alice en le taquinant.

— Je n'ai pas dit ça, mais il faut bien avouer qu'il détient une beauté hypnotique. L'injustice de la beauté. En réalité, on ne prête qu'aux personnes belles.

— Riche et beau, c'est du prêt à taux zéro dans son cas ! Haroun, je vous appelle demain.

Ils s'embrassèrent et elle se dépêcha de rentrer, une pluie fine se mettait à tomber. Haroun ferma le rideau et nettoya les tables. Il s'arrêta devant l'affiche de *Coup de foudre à Notting Hill.* Il se souvenait des soirées avec sa femme, quand ils regardaient les rediffusions, l'un contre l'autre, en mangeant du pop-corn et en buvant du soda. La dernière fois, c'était quelques semaines avant que le cancer du foie de Sophie ne se déclare.

Haroun ne put s'empêcher de pleurer.

24

« La vie me semble trop courte pour la passer à entretenir des ressentiments ou ressasser des griefs. »

Charlotte Brontë

Le bureau du commissaire Blondin, au premier étage de l'hôtel de police de Melun, répondait à un ordre spartiate, accentué par un mobilier administratif à bout de souffle. Aucunes traces d'éléments décoratifs personnels, pas même une photo de sa femme et de ses deux fils, ou bien l'indice de sa passion dévorante pour la voile en solitaire. Les capitaines Belgazzi et Mars ainsi que le commandant Gerbier étaient debout face à lui. Calé dans son fauteuil pivotant, Blondin jouissait d'une vue sur une crêperie, un signe pour le commissaire, originaire de Brest.

— Le rapport de la police scientifique confirme que le coup de couteau n'est pas la cause de la mort, commença Mona. Pas de coups, de blessures ou de traces de strangulation, ou bien de tentative d'étouffement. Il a visiblement été intoxiqué, d'après la légiste. Mais le rapport d'expertise ne précise pas quel poison aurait été utilisé. L'analyse du bol alimentaire n'a pas révélé de présence d'arsenic, par exemple. Pas de traces non plus dans le sang d'alcool, de stupéfiants ou de médicaments, ou d'un quelconque produit toxique.

— Mais alors par quoi a-t-il été empoisonné ? s'agaça le commissaire.

Haussements d'épaules simultanés.

— Et que donne l'interrogatoire de la femme de ménage ? Comment explique-t-elle que l'on ait retrouvé ses empreintes et le sang de Paul Faye sur le couteau ? Pourquoi lui aurait-elle tranché la gorge ? Et quelles substances aurait-elle utilisées pour le liquider ?

Nouveaux haussements d'épaules, ce qui eut le don de faire bouillir davantage Blondin.

— Et le fils ? Le mobile de l'héritage, c'est un motif d'assassinat, avec cette histoire de fondation. Il aurait pu commanditer le crime et faire porter le chapeau à la femme de ménage en mettant en scène assez maladroitement ce coup de couteau.

Pas con, se dirent-ils tous dans une forme de télépathie.

— Nous l'avons interrogé hier. Les analyses de son portable et de son ordinateur ne révèlent absolument rien. Aucun mouvement bancaire ou transfert d'argent suspect depuis ses comptes bien fournis à la Barclays, chez HSBC et chez Starling Bank, dit Lucas en consultant ses notes.

— Et la sœur ?

— Emma Faye termine ses études de médecine et elle va rejoindre à la fin de l'année une organisation humanitaire internationale. Pas vraiment le profil de l'héritière vénale, répondit Mona. Aucun mouvement suspect non plus sur son compte bancaire à la Caisse d'Épargne. Pour le moment, aucunes charges ne peuvent être retenues contre eux.

— Vous avez retrouvé des ennemis ?

— En analysant certains forums en ligne consacrés aux *Cinq Vérités celtiques*, nous avons repéré un *hater* assez vindicatif, qui intervient dans de nombreuses discussions. C'est un type plutôt violent dans ses propos, son pseudo est Épictète. J'ai noté quelques-unes de ses insultes envers Paul Faye : « sac à merde », « suce boule », « vermine », « voleur ». Le qualificatif de voleur revient très souvent. Au moins cinquante fois. Nous avons pu remonter sa piste numérique jusqu'en 2008.

— Qu'est-ce qui pourrait nourrir la haine de ce type ? demanda le commandant Gerbier.

— Le mot voleur me fait tiquer. À quoi ça fait référence ? Que ce *hater* le traite de « sac à merde » ou de « vermine », c'est du classique. Mais le terme voleur semble cibler à une action malhonnête de la part de Paul Faye. Pourtant, nous avons épluché la presse. Rien, aucune affaire de malversation financière ou de détournement de fonds de son association *Le Druide*, qui gère ses conférences et ses séminaires partout dans le monde. Son casier judiciaire est vierge. Aucune condamnation pénale, répondit Mona.

— Zéro faille, ce Paul, osa Gerbier, et tous le regardèrent avec consternation.

— Il faut que vous me retrouviez ce type, dit Blondin.

— C'est fait. Nous l'interrogeons juste après notre réunion.

— Quel est son profil ?

— Un type banal, la cinquantaine, fit Mona.

— Très bien, vous me direz ce qu'il en est. Et il faut pousser l'analyse toxicologique, je veux savoir quel poison a pu être utilisé.

Mona et Lucas retournèrent dans leur bureau. Le suspect les attendait.

— Vous n'avez pas chaud avec ce pull ? Vous pouvez l'enlevez si vous voulez.

— Non, merci.

Basile de Bénédictis déclina son identité. Les deux policiers lui exposèrent les faits reprochés. Il ne nia pas être le *hater* au pseudonyme de philosophe.

Avec une transparence désarmante, il expliqua ses sentiments envieux et sa haine de Paul Faye, comme s'il était en thérapie avec Arthur Bonneville.

— « Sac à merde », « vermine », « suce boule », vous trouvez que c'est un vocabulaire approprié pour critiquer le succès de votre rival ? Vous n'aviez pas d'arguments plus adaptés à vos capacités intellectuelles ?

— Ce n'est pas un rival, mais un voleur.

— Justement, dans les différents forums en ligne vous abusez de ce terme. Qu'est-ce que Paul Faye aurait volé ?

— C'est un escroc, pardonnez-moi, je sais que je parle d'un mort. Mais il m'a volé *Les Cinq Vérités celtiques*. Il a bâti toute sa fortune sur mon idée.

— Comment ça, il vous a volé *Les Cinq Vérités celtiques* ? répéta Mona, qui avait souvent offert l'ouvrage à des amis déprimés par une rupture ou un deuil.

Basile de Bénédictis soupira.

— Il y a des années, un soir, après les cours, nous nous sommes retrouvés pour boire un verre à Odéon. Nous étions jeunes quadras, maîtres de conférences, souvent sur la même longueur, bref nous étions amis. Lui était déjà père de famille, j'étais le parrain de son fils. Il écrivait des essais philosophiques destinés à un cercle restreint, des étudiants et des universitaires. Il publiait chez des éditeurs confidentiels. Paul rêvait de plus grand. Il voulait connaître un succès en librairie. Au bout de quelques verres de ti-punch, l'idée des C*inq Vérités celtiques* a germé dans mon esprit. C'était à moitié une blague. Un concentré de sagesses éternelles raconté par un vieux druide de Carnac, sosie du Père Fouras. Des règles qui permettraient de s'épanouir au quotidien.

— Je ne l'ai pas lu, dit Lucas sur un ton blasé.

— En résumé : Que tes mots n'empoisonnent pas les autres. Apprends à écouter ton instinct. Ne te perds pas en conjectures. Sors de ta zone de confort. Ne le prends jamais pour toi. Voilà mes Cinq Vérités celtiques. Évidemment, Paul Faye les a réécrites à sa sauce.

Quel ramassis de conneries, faillit dire Lucas.

— Difficile de prouver que c'est votre idée initiale ! Après tout, il s'agit de sagesses qui proviennent de la nuit des temps.

— Certes, mais la narration autour de ce druide de Carnac qui raconte tout ça, c'est mon idée. Et c'est lui qui en a profité.

— Vous savez que ce que vous nous racontez serait un parfait mobile du crime, lui fit remarquer Mona.

— C'est pour ça que je me suis tout de suite rendu à votre convocation. J'ai la conscience tranquille.

— Que faisiez-vous le soir du meurtre ?

— J'étais dans ma cellule.

— Votre cellule ?

— Ma cellule monastique. Je fais une retraite spirituelle à l'abbaye Notre-Dame-de-Sion à Valmont-sur-Loing.

— Qui peut prouver que vous y étiez à l'heure où Paul Faye a été assassiné ?

— L'abbé pourra vous le confirmer. Je suis resté dans la bibliothèque jusqu'à minuit. Nous avons discuté de Spinoza toute la soirée.

— Nous vérifierons auprès de l'abbaye. Sachez que nous allons transmettre au parquet spécialisé les verbatim de vos messages haineux. Heureusement pour vous, vous n'avez jamais menacé de mort Paul Faye. Mais il faut que vous restiez à disposition des enquêteurs. Vos commentaires vindicatifs ne plaident pas en votre faveur.

— Avec ce qui est arrivé à Paul, je regrette vraiment ce que j'ai écrit.

Ça ressemblait à la confession d'un enfant après une grosse bêtise. Basile de Bénédictis signa sa déposition et s'empressa de quitter le bureau pour s'acheter une crêpe en face du commissariat. Une improbable crêpe kebab, pour éponger sa culpabilité.

*

Au même moment, Alice faisait un tour au marché de Fontainebleau, sur la place de la République. Arthur l'accompagnait, chargé de pousser le chariot de courses en osier. Le ciel était changeant, il pouvait se mettre à pleuvoir à n'importe quel moment. Alice évitait d'aller au marché par mauvais temps, alors qu'elle aimait marcher sous la pluie en forêt, se délectant de ce parfum enivrant et frais d'arômes de sous-bois, de terre mouillée et de légère pourriture noble.

— Ça te dit des asperges ?

— Mouais, j'aime pas trop l'odeur des urines après en avoir mangé, répondit Arthur.

— Un solide argument gustatif. Charmant. Je prends les violettes, avec une sauce mousseline à ma manière ce sera parfait.

— Je vais faire la queue chez le fromager. Je te prends du Mothais et un brebis ?

Alice opina. Elle observait la faune du marché le mardi, les clients et les flâneurs étaient plus variés que le dimanche, où la bonne société de Fontainebleau se montrait avec un mélange de bonhomie et de quant-à-soi. Ce jour-là, on sentait davantage de mixité, avec des clients venus de la ville populaire d'Avon, mitoyenne de Fontainebleau.

Perdue dans ses rêveries où elle aimait imaginer des vies aux inconnus qu'elle croisait, elle faillit percuter une femme qui tenait par la main un petit garçon de cinq ou six ans.

— Oh pardonnez-moi, je ne vous avais pas vue… Ah, mais on se connaît.

Alice n'avait pas tout de suite reconnu Juliette Darbois, la jeune femme aux longs cheveux blond doré.

— Mais oui, bonjour chère Alice, comment allez-vous ? Vous aussi, vous faites le marché le mercredi. C'est plus authentique que le dimanche, non ? Je sens que les gens y sont plus *vrais*.

L'envie de tirer sur sa longue natte traversa l'esprit d'Alice.

— Oui, vrais et authentiques, comme vous ! répondit Alice, mais Juliette Darbois n'avait pas saisi l'ironie de la remarque.

Le petit garçon commençait à s'agiter. Alice redevint plus grave.

— J'imagine votre peine après la mort de Paul Faye. Vous étiez l'une de ses grandes admiratrices.

— Oui, ce sont des moments très pénibles. Je ne sais pas si j'aurai la force d'aller à ses obsèques. Cet assassinat m'a traumatisée. Il paraît qu'on a retrouvé la meurtrière.

— Pour le moment, elle n'est ni mise en examen, ni jugée, et encore moins condamnée. Juridiquement, pénalement, indubitablement, elle n'est pas la meurtrière, dit Alice sur le ton d'un avocat en plaidoirie en cour d'assises.

— Bref, soupira Juliette, nous continuerons à lire ses livres et à faire vivre sa mémoire.

Alice acquiesçait lentement, tout en observant attentivement l'enfant. Elle avait la sensation de le connaître, lui aussi, du moins de l'avoir déjà vu.

— Votre fils est très beau, vraiment. Quel âge a-t-il ?

— Six ans, cet été. Tu es prêt pour la grande école, n'est-ce pas Gabriel ?

Il ne répondit pas mais scruta Alice des pieds jusqu'à la tête.

Ce petit devient flippant. On ne t'a pas appris à ne pas fixer les inconnus ? s'agaça-t-elle intérieurement.

— Gabriel, c'est élégant et intemporel. Dieu merci, vous n'avez pas choisi l'un de ces prénoms désuets qui reviennent à la mode comme Marcel ou Gaston.

— J'ai hésité avec Gaston.

— Ah..., répondit Alice, un peu gênée. Nous nous verrons donc au club de lecture. À bientôt.

Elles se saluèrent de la tête et se sourirent sans grand enthousiasme. Alice regarda la mère et son fils s'éloigner comme on observe un bateau prendre le large.

L'image du garçon lui trottait dans la tête. Mais où donc l'avait-elle déjà vu ?

— Eh bien Tante Alice, je t'ai attendue ! fit Arthur. Je t'ai pris un ossau-iraty, tu m'en diras des nouvelles, il est à tomber.

Alice était perdue dans ses réflexions.

— Qu'est-ce que tu as ? Qu'est-ce qui te tracasse ?

— Je ne sais pas. Je viens de croiser une femme qui habite Grez-sur-Loing, le genre ex-directrice artistique parisienne reconvertie dans la poterie et le macramé, qui marche pieds nus dans l'herbe et qui porte des couronnes de fleurs dans les cheveux.

— Elle, tu ne l'aimes vraiment pas, dit-il en riant.

Alice haussa les épaules. Ils se dirigèrent vers le parking sous-terrain.

— Elle participe au club de lecture, c'est vrai qu'elle est plutôt exaspérante. Bref, on a échangé sur la mort de Paul Faye, c'est sa plus grande fan au monde, je t'assure, c'est effrayant. Une disciple et son gourou. Elle était accompagnée d'un petit garçon que j'ai l'impression d'avoir déjà croisé.

— Sans vouloir t'offenser, ton cercle d'amis a plutôt des enfants de mon âge, il me semble. Ah mais non, des petits-enfants aussi, dit-il sur un ton taquin.

— Bonté divine !

— Quoi ?

— Mais oui ! Le petit. C'est le sosie de Paul Faye ! Et il ressemble comme deux gouttes d'eau à son fils Julien. Viens, il faut qu'on rentre.

25

« Le temps confirme l'amitié. »
Henri Lacordaire

Jouant les entremetteuses, comme dans un roman de Jane Austen, Alice avait invité Olivia Bell et Haroun Johnson à dîner. Elle avait dressé la table dans la cuisine, tamisé l'éclairage. Elle avait sorti ses assiettes dépareillées en porcelaine de Gien et de Longwy et des chandeliers en argent de style Napoléon III. Des fleurs du jardin étaient disposées dans un vase tulipe en verre. Il régnait une atmosphère propice aux confidences et à l'amitié.

Arthur s'était mis aux fourneaux et avait préparé un couscous végétarien sans gluten, au grand désespoir d'Alice. Haroun avait rapporté des crêpes mille trous recouvertes d'un mélange de beurre fondu, de miel d'acacia et de vanille, et Olivia, une bouteille de gaillac rosé.

La radio était branchée sur Radio Suisse Classique. Un air d'opéra de Haendel.

— Qui veut du café ? proposa Alice

— Je resterai au vin si tu veux bien, répondit Olivia.

— Haroun ?

— Un déca, s'il vous plaît.

— Ce sera une verveine, Tante Alice.

Par une sorte d'accord tacite, ils avaient décidé de ne pas évoquer l'assassinat jusqu'au dessert.

— Haroun, vous vous souvenez de Juliette Darbois ?

— Oui, la tête à claques qui sent le shampoing aux orties.

Ils éclatèrent de rire. Alice leur raconta sa rencontre fortuite au marché.

— Son fils est le sosie de Paul Faye. La même beauté et les mêmes traits que Julien Faye.

— Elle est tellement fan de lui que ça a déteint sur ses gènes lors de la conception du bébé ! se moqua Haroun.

— On a tous des sosies. On me dit souvent que je ressemble à Cate Blanchett, minauda Olivia.

— Oui, avec quelques années de plus, persifla Alice. Je te taquine, ma chérie, ajouta-t-elle en lui servant un nouveau verre de rosé.

Ils s'installèrent dans le grand salon et firent une partie en deux manches de Trivial Pursuit. Alice et son neveu contre Haroun et Olivia. Match nul. Arthur raccompagna Haroun à la porte d'entrée et lui chuchota à l'oreille en riant :

— Je ne vous ai pas senti très entreprenant avec notre chère Olivia. Un peu coincé, je trouve. Ah mais oui, c'est vrai, vous vous réservez !

Haroun fit mine de lui donner une gifle.

— Il faut que tu rencontres mon fils, il est vraiment fan de toi.

— L'art du détournement de la conversation par Haroun Johnson, ça ferait un très bon livre.

Ils se serrèrent la main. Arthur retourna au montage de sa prochaine vidéo.

Alice avait installé Olivia dans l'une des chambres d'amis, décorée dans un style new-yorkais des sixties – on aurait pu y tourner *Mad Men* ou *Ma Sorcière bien-aimée*. Pendant une heure, elles restèrent allongées à discuter et à rire sur le lit, comme lorsqu'elles étaient étudiantes.

— Bon alors, ton jeune mathématicien ?

— *Boring*... On s'est envoyé dix mille SMS, mais rien ne se passe, ça reste désespérément platonique. Nos messages sont aussi excitants qu'un arrêt du Conseil d'État.

— Et tu n'as pas d'autres pistes ?

— Mouais... Toi, tu cherches à me caser avec Haroun.

— Mais...

— Je te connais comme si je t'avais pondue. J'aime beaucoup Haroun, mais il est vraiment trop vieux pour moi. Et puis, je pense qu'il a d'autres projets.

— Ah bon ?

— Il est évident qu'il en pince pour Inès. Tu as vu sa fougue quand il la défend ? Ils feraient un beau couple.

— N'importe quoi, répondit Alice, qui éprouvait soudain une pointe de jalousie. Bon, il est temps de se coucher, ma grande. Je me lève aux aurores demain. Tu auras droit à ton petit-déjeuner préféré.

Bien calée contre deux énormes coussins, sous une couette légère, Alice consulta des sites d'infos et lut quelques pages *L'Obs* avant de sombrer. Dans son sommeil, Haroun apparut au bras d'Inès en robe de mariée, à l'église de Valmont-sur-Loing. Alice était vêtue d'une petite robe noire. Elle oublia ce rêve aussitôt levée, et prépara le petit-déjeuner : des pancakes, du porridge au cacao et au beurre de cacahouètes. Elle s'allongea sur sa méridienne et prit des notes pour détailler tout ce qu'elle savait sur l'assassinat de Paul Faye. Se pouvait-il que Paul Faye ait cédé à des relations sexuelles avec sa fan la plus dingo ? La ressemblance du petit garçon ne lui semblait pas pouvoir être le fruit du hasard. Alice se souvenait d'une étude lue dans une revue de médecine légale, *Forensic Science International.* La probabilité au monde d'avoir un sosie était d'une chance sur mille milliards. Une chance sur mille milliards que huit spécificités du visage se retrouvent chez deux personnes. Une chance sur mille milliards, songea Alice… Elle eut l'idée de demander par SMS à Julien Faye une photographie de lui à l'âge de cinq ou six ans et un cliché de son père quand il était enfant. Il lui répondit aussitôt. Faisait-il également partie des adeptes de l'aube ?

Bonjour Alice, comment allez-vous de si bon matin. Oui, je peux vous envoyer ça sans problème. Un rapport avec l'assassinat de mon père ? Vous enquêtez de votre côté ?

Alice écrivit :

Vraiment désolé de vous déranger aussi tôt, je ne pensais pas que vous seriez levé. Je dois vous avouer que j'explore quelques pistes. Je laisse évidemment la police faire son travail. Vous savez, une ancienne prof de sciences criminelles ne se refait pas ! Merci encore, cher Julien.

Quelques minutes plus tard, elle recevait deux photos de lui, et une de son père. Elle tapa le nom de Juliette Darbois sur le moteur de recherche de son portable et accéda au compte Instagram de la jeune femme, où elle mettait en scène son quotidien avec son fils, dans leur somptueux jardin et leur maison envahie de nappes en lin, de céramique, de fleurs séchées et de meubles en bois brut aux essences rares. Alice secoua la tête en voyant cette débauche de « perfection dans l'imperfection ». Puis elle zooma sur la photo de Gabriel en train de jouer aux Lego et la compara avec les portraits de Paul et de Julien Faye au même âge. Pas de doute, il existe bien un lien entre ces trois-là, se dit Alice. Elle envoya un message à la capitaine Belgazzi.

Mona, peut-on se voir ? C'est urgent !

Oui, chez moi, Suzanne dort encore, entrez sans sonner.

Mona habitait à dix minutes à pied. Alice se réjouissait de profiter de la douceur de vivre de

Valmont-sur-Loing, loin de la déprime du pays. D'un pas vif, elle franchit les remparts médiévaux anthracite qui tranchaient avec le ciel indigo et longea le pont en pierre qui enjambait le Loing, puis emprunta une ruelle étroite aux effluves de champignons, avant de pousser la porte de la maison basse en grès où habitait Mona.

Les deux amies s'installèrent dans la cuisine qui donnait sur une cour aux pavés inégaux, agrémentée d'oliviers et de palmiers en pots.

— Franchement, ces pancakes sont divins, Alice. Quel est votre ingrédient secret ?

— Une pointe de café soluble.

— Pas mal du tout.

Alice marqua une pause.

— Mona, je pense vraiment qu'Inès Goya est innocente. L'assassin a voulu lui faire porter le chapeau. Après avoir empoisonné Paul Faye, son idée était de lui trancher le cou pour faire croire à un égorgement vengeur. Seulement, il n'a pas eu le courage d'aller jusqu'au bout. Il faut avoir la force de conviction d'un boucher pour égorger quelqu'un. Et la détermination d'un serial-killer pour dessiner un joli sourire entre les deux jugulaires. Notre assassin a pris peur. Peur du sang, peur de sentir la lame pénétrer dans la chair comme dans une entrecôte. D'où la blessure relativement superficielle au niveau du cou. Je suis persuadée que le tueur est révulsé par les chairs sanguinolentes, la viande, les abats. Quand il a commencé à trancher la gorge de Paul Faye, je crois que le meurtrier a eu conscience qu'il s'agissait de viande humaine.

— Pourquoi faire accuser Inès ?

— Le tueur sait ce qu'il s'est passé le soir du dîner chez Paul Faye. Il connaît Inès, il sait qu'elle est la coupable idéale car elle travaille chez Paul, qu'elle connaît le code d'alarme et qu'elle possède les clés de la maison.

— Quelle est votre intuition ?

— Inès a sans doute manipulé le couteau, mais dans d'autres circonstances. C'est un couteau qui se trouvait dans la maison ou qui appartenait au tueur. Inès a peut-être travaillé chez lui aussi.

— Ça tient la route. Vous m'avez parlé d'une urgence ? demanda Mona en se resservant.

Alice lui révéla l'existence du mini-sosie de Paul Faye, photos à l'appui. Mona cessa de mâcher son troisième pancake.

— C'est très bizarre, en effet.

— Les chances d'avoir un sosie parfait sont d'une sur mille milliards. Une chance sur mille milliards ! Avec de telles probabilités, je suis persuadée qu'il existe un lien biologique entre ce garçon et Paul Faye.

— Et quel est le rapport entre le meurtre et Juliette Darbois ?

— Je n'en sais rien… Mais je pense qu'il faudrait vérifier si Inès a travaillé pour elle. Vous pouvez lui poser la question avant la levée de sa garde à vue ?

— Oui bien sûr. Sachez qu'un juge d'instruction va être nommé. Il la mettra certainement en examen. Comme son casier judiciaire est vierge, il la laissera sans doute en liberté, sous contrôle judiciaire. De mon côté, je vais creuser autour de Juliette Darbois, si comme je le sens, votre intuition est la bonne, dit-elle en souriant et en avalant un quatrième pancake.

— Je vais la croiser ce soir au club de lecture. J'essayerai d'en savoir plus sur ses liens avec Paul Faye.

— Faites attention quand même de ne pas entraver l'enquête. Gerbier et Blondin ne vous rateraient pas. Excusez-moi, il faut que je réveille Suzanne.

— Vous avez failli ne pas lui laisser de pancakes. Quelle mère indigne !

*

À la grande surprise d'Alice, Olivia était déjà levée, en train de lire *Le Monde* de la veille dans la cuisine.

— Je t'attendais. Ça sent très bon. Tu étais où ?

— Chez Mona, j'ai apporté des pancakes à sa fille. Rassure-toi, il en reste suffisamment pour nourrir deux équipes de rugby. Tout à l'heure, je t'emmène faire un tour au château de Fontainebleau. On ira se balader au Jardin de Diane.

Olivia baissa son journal pour regarder Alice préparer du thé. Devant la bonté de ses gestes, elle se dit qu'elle aurait aimé avoir une sœur pareille. Elles étaient amies, elles s'étaient choisies, et c'était sans doute mieux ainsi.

26

« Tous nos monstres sont en nous. »

Simone Weil

Le club de lecture s'était une nouvelle fois rassemblé au London-Essaouira. La séance n'avait pas encore commencé, Agathe Saint-Vincent était en retard. La musique des conversations et celle des rires s'entremêlaient dans un joyeux concerto. Mme Verlet observait son petit monde avec bonhomie, ses demi-lunes au bout du nez. Elle ressemblait à une fée en cardigan et chignon serré qui dispensait ses bienfaits en silence, un verre de cidre à la main. Avec d'infinis détails modérément passionnants, Pascal Boitard racontait l'une de ses plus célèbres campagnes de publicité pour une marque de couches-culottes. Seul face à lui, Haroun tentait d'échapper à son emprise mais l'ancien publicitaire était coriace et lui barrait la route en lui parlant d'un peu trop près. Alice servait des toasts au jambon de Parme et pecorino qu'elle avait préparés.

— Juliette ?

— Non merci, je vais plutôt prendre ces bâtonnets de carotte.

— Vous avez tort, ce jambon de Parme est délicieux.

— Je ne mange pas de viande.

— Oh, pardonnez-moi, répondit Alice comme si elle avait proposé du porc à un juif ou à un musulman pratiquant.

Puis elle lui demanda sans transition :

— Vous irez aux obsèques de Paul Faye, finalement ?

Juliette Darbois parut agacée.

— Non, je ne sais pas, je suis très occupée. Je ne me projette pas, pour l'instant.

— Au fait, comment l'avez-vous connu ?

— Lors d'une dédicace dans un salon, répondit Juliette, surprise par la question.

Elle avait perdu son entrain exaspérant et arborait une mine plus grave.

— Si vous permettez, je vais me servir un verre d'eau.

Elle tourna les talons et laissa Alice en plan avec son plateau. Ses intuitions se confirmaient. Juliette Darbois était bien végétarienne. Alice avait noté son expression de dégoût à la vue de la charcuterie. Le nez retroussé, la lèvre supérieure relevée. Elle l'imaginait tenter de trancher la gorge de Paul Faye. L'envie de vomir à la vue des jugulaires sectionnées, la peur d'être éclaboussée par un geyser d'hémoglobine. Non, elle n'avait sans doute pas pu aller plus loin. La trace du couteau était suffisante pour accréditer l'idée d'un égorgement. Le poison l'avait tué, lentement, sans traces visibles, elle en était convaincue. Mais quel poison avait-elle utilisé ? Comment lui avait-elle administré ?

Soudain, Alice se remémora un détail, sur l'une des photos du compte Instagram de Juliette Darbois. Un détail qui venait de tout éclairer.

Elle n'avait pas encore vu le SMS que Mona lui avait laissé.

Juliette Darbois employait Inès Goya depuis six mois.

*

— Pardonnez mon retard, une urgence à régler. Commençons sans tarder ! s'excusa Agathe Saint-Vincent en enlevant sa gabardine.

Les membres du club s'installèrent en cercle.

— Bien. Après Maupassant, nous passons donc à l'un de ses lointains héritiers, Georges Simenon. Tous les deux partagent une profonde connaissance de la condition humaine. Ce sont aussi des écrivains des sensations. Je rappelle que pour Gide, Simenon était un romancier de premier ordre. Nous connaissons tous son célèbre commissaire Maigret. Il a aussi composé un immense cycle romanesque. L'un de ses biographes parle des romans de la destinée. Des romans entre gris clair et gris foncé qui montrent des êtres humains dépouillés de leurs oripeaux sociaux, dans toute leur nudité. Des hommes et des femmes ordinaires qui franchissent une ligne invisible pour commettre des actes irréparables. Un crime, comme dans le livre qui nous réunit ce soir, *Lettres à mon juge*, publié en 1947.

Alice observait Juliette. Un ressort semblait s'être cassé en elle. Cette femme menue, aux grands yeux bleus, était-elle vraiment capable de tuer son idole ? Peut-être, mais pourquoi ? Elle s'était retrouvée enceinte de lui et il ne voulait pas reconnaître l'enfant ? Une fan rivale se serait immiscée dans la vie de Paul Faye et elle avait préféré tuer l'objet de sa dévotion plutôt qu'une autre n'en profite ?

— Tout d'abord ce que j'aime avec Simenon, c'est sa lucidité sur les humains, intervint Haroun. Il est réconfortant car, pour lui, nous sommes tous des ratés.

— Tous des ratés ? objecta Pascal Boitard, qui faisait une tête de dindon offensé. Je n'ai pas l'impression d'avoir raté ma vie.

Haroun poursuivit, dissimulant mal son irritation.

— Je disais donc, que pour Simenon, nous avons tous plus ou moins raté notre vie. Je me souviens d'une interview qu'il avait donnée à la télé dans les années 1950 et que j'ai retrouvée.

Il ouvrit son carnet de notes et ajusta ses lunettes de presbyte.

— Je le cite : « Je n'ai jamais rencontré quelqu'un qui soit allé au bout de ses rêves. C'est pour tout le monde la même chose. Si nous prenons quelqu'un à un certain moment de sa courbe de vie, nous pouvons croire à sa réussite. Mais si nous allons jusqu'au bout, nous nous apercevons qu'il n'y a pas de réussite totale. Quelqu'un peut être heureux et avoir merveilleusement réussi en apparence, à quarante ou cinquante ans. Mais si nous allons jusqu'à soixante-quinze ou jusqu'à quatre-vingts, nous arrivons à quelque chose de pitoyable »

— Merci infiniment, Haroun, de nous avoir flingué le moral, se moqua Alice.

— Je ne suis vraiment pas d'accord, insista Boitard. La réussite ? C'est regarder derrière soi et se rendre compte du chemin parcouru, d'en tirer une certaine fierté, même si tout n'a pas été concluant. Oui, j'ai réussi dans mon métier, je suis fier de m'être élevé socialement. Je ne me sens pas du tout *raté*.

— Oui, c'est vrai vous avez réussi, avec votre *grosse* baraque, votre *gros* compte en banque, votre *grosse* bagnole, en vendant des slogans débiles pour des couches-culottes, s'emporta Haroun.

— Vous devriez maîtriser un peu plus vos nerfs, Haroun. Vous aviez pourtant l'air passionné par mon récit de la campagne des couches Tendresse.

— Oui, bien sûr, c'est tout ce qui me passionne dans la vie. Vous écouter vous rengorger de vos exploits publicitaires.

— Haroun, Pascal, revenons plutôt à vos impressions générales sur Simenon, intervint Agatha Saint-Vincent.

— Haroun a raison, fit remarquer Mme Verlet. Quand on arrive à mon âge vénérable, peut-on vraiment avoir l'impression d'avoir réussi ? Mon pauvre mari est mort il y a vingt ans, mes enfants habitent loin de Valmont, et le matin, si je me réveillais sans douleurs, c'est sans doute que je serais morte ! Si, j'ai peut-être réussi à ne pas faire trop de mal autour de moi.

L'assemblée acquiesça à ces sages paroles.

— Je comprends cet homme qui écrit au juge qui l'a condamné. Le Dr Charles Alavoine, ça pourrait être moi. Cet homme ordinaire qui devient criminel, ça devrait tous nous parler, dit Juliette Darbois.

Alice fut surprise par cette intervention.

— Nous sommes tous capables de franchir la ligne, comme le disait Alice, poursuivit Juliette. Un jour, vous êtes au supermarché en train de faire vos courses, au boulot, dans un train, sur le canapé avec votre chéri, en train de jouer avec vos enfants, et soudain, tout vous paraît… *absurde*. Pourquoi continuer ? Quel sens donner à tout ça ? Vous n'en pouvez plus. Alors, il est possible de commettre l'irréparable. Fuir sans laisser de traces. Tuer, comme l'a fait Charles Alavoine. Bref, je peux comprendre que ce type banal soit devenu un meurtrier.

— Je ne vous savais pas aussi sombre Juliette, s'étonna Alice. Vous donniez tellement l'impression d'être une optimiste-née. Pour ma part, je ne pense pas que nous soyons tous capables de tuer. Dans certaines circonstances, oui, si notre instinct de survie est en jeu, s'il faut sauver sa peau. On peut aussi tuer de façon pulsionnelle, quand on rentre chez soi et qu'on surprend son mari dans des bras inappropriés. Je ne suis pas d'accord avec l'idée que nous puissions *tous* devenir des criminels. Mon grand-père maternel, Guillaume de Rosemonde, a sauvé une famille juive pendant la guerre. Il n'a pas franchi la ligne. Il est resté fidèle à ses valeurs, il n'est pas devenu un criminel. Il a fait son devoir, il ne s'est pas posé de questions car c'était quelqu'un de bien.

— Mais comment expliquez-vous qu'un type sans histoires, bien inséré dans sa vie comme ce Dr Alavoine, qui n'a jamais fait parler de lui, puisse tuer ? lui demanda Victoire de Rosemonde, qui avait de nouveau lu une fiche du livre sur internet.

— Il n'est pas devenu meurtrier en un claquement de doigts. C'est un goutte-à-goutte qui l'empoisonne depuis l'enfance. Une mère possessive à souhait qui décide de ses études de médecine, de son mariage. Une épouse qui l'écrase. Des pulsions trop longtemps refoulées. Sans oublier sa crainte de sortir du moule social. Un jour, c'est la goutte de trop qui fait craquer le barrage, répondit Alice.

— En tout cas, ce qui est remarquable avec ce type, c'est qu'il assume ses responsabilités, ça fait du bien par les temps qui courent, avec tous ces gens qui se plaignent et qui ne sont jamais responsables de rien !

Ainsi parla Pascal Boitard.

— Ce qui est intéressant avec ce roman, c'est que je n'ai pas eu envie de juger ce docteur une seule seconde. Il a quand même tué sa maîtresse !

— Vous avez raison, madame Verlet, lui répondit Haroun, la devise de Simenon, c'était comprendre et ne pas juger.

Pour une raison inexplicable, Alice et Juliette se regardèrent d'instinct, à cet instant précis.

Les débats se poursuivirent pendant une heure. Ils votèrent pour la prochaine lecture, *L'Aiguille creuse* de Maurice Leblanc, en dégustant des sablés à la confiture d'abricot qu'Haroun distribuait. Une fois le salon de thé désert, Alice aida Haroun à ranger et à nettoyer.

— Vous êtes vraiment adorable de rester aussi tard pour m'aider.

— Je sais, ma bonté me perdra, mais c'est ainsi, c'est plus fort que moi. Tiens quelqu'un a oublié son porte-cartes ? fit Alice en ouvrant l'étui en métal argenté. Il appartient à Juliette Darbois.

— Ma parole, c'est un acte manqué. Nous sommes bénis des dieux. Ça ne vous gêne pas de fouiller dans ses affaires ?

Les yeux d'Alice s'illuminèrent de bonheur.

— Nous la tenons ! On se retrouve chez moi dans une demi-heure.

Il opina et elle disparut aussitôt dans la nuit.

*

Conseil de guerre, autour d'une tasse de verveine chez Alice. Haroun, Arthur et Olivia étaient assis à la grande table de la cuisine.

— Mes amis, j'ai la conviction profonde que Juliette Darbois a assassiné Paul Faye. Comme vous le savez le coup de couteau n'est pas l'arme du crime. Paul a été empoisonné. Demain, en allant rendre visite à Juliette Darbois, nous trouverons la preuve de l'arme du crime. Je ne peux pas vous en dire plus. Sachez qu'Inès a travaillé chez Juliette Darbois, Mona me l'a confirmé par

SMS. Juliette a sans doute fait un double de ses clés pour pénétrer chez lui sans effraction. Pour une raison que j'ignore encore, elle connaît le code de l'alarme. Haroun, je vous propose de venir avec moi pour lui rendre son porte-cartes.

— Quelle coïncidence ! dit Arthur.

Dans le regard d'Alice, il était possible de lire, au mieux de la compassion, au pire, de la commisération.

— Mon pauvre Arthur, tu crois vraiment qu'un *deus ex machina* a mis cet étui sur mon chemin ? Ta naïveté est très touchante. Il se trouve que je me suis servie dans la poche intérieure de son manteau, à un moment de la soirée, quand elle est partie aux toilettes. Nous avons donc désormais un prétexte pour nous rendre chez elle.

— Nous ? J'ai des consultations toute la matinée.

— J'irai avec Haroun. J'aurai aussi besoin de toi, Olivia. Tu resteras dans la voiture et tu appelleras la police si jamais ça tournait mal ou si nous mettons trop de temps à revenir.

— Si ça tourne mal ? Tu n'es pas flic, darling ! Tu te prends pour Miss Marple maintenant ? lui répondit Olivia Bell.

— Nous allons lui rendre ce qui lui appartient, lança Alice, qui avait du mal à dissimuler son excitation, en brandissant le porte-cartes. J'ai toujours rêvé de résoudre une enquête pour de vrai, ajouta-t-elle sur le ton d'une petite fille qui jouerait à la policière.

27

« Il n'y a qu'un remède à l'amour :
aimer davantage. »

Henry David Thoreau

Dans la vraie vie, la maison de Juliette Darbois ressemblait beaucoup moins à la demeure qu'elle mettait en scène sur son compte Instagram. L'essentiel y était, mais sans la magie des filtres photographiques. Il n'y avait pas de sonnette électrique, seulement une clochette rouillée qu'il fallait actionner avec force. Personne à l'horizon, alors ils poussèrent avec précaution le portail en bois et pénétrèrent dans le jardin, plutôt petit. Un tilleul au centre, quelques massifs de fleurs vivaces, et un cerisier en fleurs au fond du terrain ceinturé par un mur en pierre sèche. Haroun lui avait téléphoné dans la matinée. Il avait prétexté une course à faire à deux pas de Grez-sur-Loing pour lui déposer son porte-cartes.

Juliette Darbois les attendait, pieds nus dans le salon, un mug de thé matcha à la main. La porte-fenêtre était ouverte pour les accueillir.

— Désolée, la clochette ne marche plus. Merci de me l'avoir rapporté, je ne sais pas comment j'ai pu le perdre. Installez-vous, dit-elle en leur indiquant une banquette en osier recouverte de plaids aux motifs folkloriques mexicains.

Elle s'installa en face d'eux dans un grand fauteuil.

— C'est chaleureux chez vous, dit Alice. Vous êtes seule ?

— Oui, mon fils est à l'école. Je travaille à la maison. Je vous sers quelque chose ?

— Vraiment, non merci, nous avons bu des litres de thé avec Haroun. D'ailleurs, si vous le permettez, où se trouvent les toilettes ?

— Juste là, dans le couloir, sur votre gauche.

Alice s'était mise d'accord avec Haroun pour qu'il lui fasse la conversation le temps qu'elle se rende rapidement dans la cuisine. Elle ouvrit le réfrigérateur et inspecta les clayettes et la contre-porte, à la recherche de l'arme du crime, un peu anxieuse à l'idée d'être prise sur le fait. Bingo, se félicita-t-elle, avant de retourner au salon.

— Juliette, j'aimerais vous poser une question un peu directe. J'ai remarqué que Gabriel ressemblait beaucoup à Paul Faye. Ça me chiffonne depuis mercredi. Juliette lui sourit, mais c'était plus douloureux que joyeux.

— Je sais pourquoi vous êtes venue me voir. Vous pensez que Paul Faye est son père, c'est ça ?

— Je ne vous cacherai pas mes soupçons. Vous avez le droit de ne pas me répondre, mais il semble évident que Gabriel est son enfant. Un test ADN le prouverait, non ?

Juliette restait silencieuse. Son visage était plus pâle que d'habitude, elle se recroquevilla dans son fauteuil, son mug de thé serré contre elle, comme pour se réchauffer.

— Après tout, je peux le dire, vous avez raison, Gabriel est son fils. J'ai vu votre regard au marché quand vous m'avez croisée. J'ai su que vous aviez deviné, vous n'arrêtiez pas de le dévisager. Mais je ne suis pas sa mère biologique.

— Comment ça ?

— Sa mère biologique est la femme de Paul Faye.

— Pardonnez-moi, mais je ne comprends pas du tout, dit Alice.

Juliette soupira, but une gorgée du liquide tiède au goût terreux. Était-ce l'effet de la lecture de *Lettres à mon juge* ? Elle ressentait un impérieux besoin de se confesser.

— Il y a environ dix ans, je m'étais rendue au Salon du livre inspirant, à Rennes. J'avais lu *Les Cinq Vérités celtiques* et je voulais rencontrer Paul. C'était au tout début de son succès. Je me suis dit que c'était une occasion rêvée de le voir en vrai. Nous avons immédiatement sympathisé. Je pense que mon optimisme à toute épreuve l'a amusé. Au fil des mois, nous avons échangé par mail, puis au téléphone, et puis nous nous sommes vus régulièrement. Je suis devenue un pilier de sa communauté de lecteurs. Je lisais ses livres pour donner un sens à ma vie. Aucune tragédie ne m'avait vraiment frappée. Jusqu'au jour où ma gynécologue a détecté une tumeur à l'utérus. Le traitement a été lourd et il a fallu procéder à une hystérectomie.

Elle marqua une pause, Alice lui sourit avec compassion.

— Ce fut un drame absolu. Je ne pourrais pas avoir d'enfant alors que nous avions un projet de bébé avec mon mari. Malgré mon optimisme, j'ai fait une grave dépression. Lors d'une dédicace en librairie, je suis allée voir Paul et il a été frappé par mon changement d'humeur, mon amaigrissement. Je lui ai tout raconté et il a été d'un grand soutien. Je n'arrêtais pas de répéter mon désespoir de ne pas pouvoir être mère. Ça devenait obsessionnel. Et puis un jour, sa femme Charlotte s'est aperçue qu'elle était enceinte. Au bout de quatre mois ! Vous vous rendez compte ? Un vrai déni. Elle avait quarante-sept ans à l'époque et elle ne voulait plus entendre parler de grossesse. Paul n'en voulait pas non plus. Ils étaient plus ou moins en train de divorcer. Et impossible d'avorter. Alors, l'idée d'adopter leur bébé de façon illégale a germé. Mon mari a trouvé l'idée folle et a refusé d'en entendre parler. J'ai menacé de le quitter. Finalement, mon désir de maternité a été le plus fort et il est parti.

— Que s'est-il passé ensuite ?

Le timing était bon. J'ai pu simuler une grossesse. Et puis nous nous étions mis d'accord, j'étais là quand Charlotte a accouché chez elle. C'est Paul qui a fait office de sage-femme. Je ne pouvais pas regarder, la vue du sang m'est insupportable. C'était risqué mais nous avions pris toutes les précautions d'hygiène.

— Je comprends ce qui vous a poussée à faire ça. Juliette, je suis désolée de vous le dire de façon aussi abrupte mais j'ai l'intime conviction que vous avez tué Paul Faye. Et je sais comment vous avez procédé.

Juliette paraissait ailleurs. Elle resta silencieuse.

— La preuve est dans votre frigo. Vous l'avez tué avec un stylo à insuline.

— Tuer Paul ? Pourquoi ? Et avec un stylo à insuline ?

Ses dénégations paraissaient formelles, comme si elle n'y croyait pas elle-même.

— Vous l'avez tué car il avait le projet de monter une fondation. Je pense que Charlotte vous a confié sa peur de voir ses enfants spoliés, sa crainte de perdre une grande partie de son train de vie. Alors vous vous êtes sacrifiée, car elle vous a donné le plus beau des cadeaux, devenir enfin mère.

Juliette se leva pour fouiller dans son sac et allumer une cigarette. Elle soupira. Haroun n'en perdait pas une miette.

— Je suis tellement fatiguée. À quoi bon nier ? Un jour, Charlotte m'a appelée très en colère. Nous étions restées proches après son accouchement. On se téléphonait et on se voyait souvent. Elle prenait des nouvelles de Gabriel. Elle m'a raconté le projet de fondation, le désir de Paul de publier des essais philosophiques confidentiels, de ne plus écrire pour le grand public. Et surtout le dégoût et le mépris qu'il avait pour ses lecteurs. Elle m'a raconté qu'il se moquait de ma dévotion avec une certaine cruauté. J'étais effondrée. Je vivais grâce à ses préceptes. Je me suis sentie trahie. L'idée de ne plus lire ses livres, son irrespect, tout ça m'a mis dans une rage folle accentuée par la peur que Gabriel ne touche jamais son héritage. Charlotte me comprenait très bien. Elle était passée par là. Alors, j'ai eu envie de le voir disparaître. C'était devenu là aussi une obsession. Mon admiration s'est transformée en haine terrible.

— Et c'est pour ça que lorsque vous avez appris pour la fondation, vous avez continué de venir aux club de lecture en surjouant la fan inconditionnelle ? Pour ne pas éveiller les soupçons ? Je dois dire que vous m'avez particulièrement agacée.

Juliette fit oui de la tête comme pour s'excuser.

— Et vous l'avez donc tué.

Qui ne dit mot consent, alors Juliette se tut.

— Vous me contredirez si vous le souhaitez, mais je suis persuadé que vous l'avez tué avec un stylo à insuline. Votre fils est diabétique de type 1. Sur votre compte Instagram, en zoomant sur l'une de ses photographies, j'ai vu qu'il portait un petit appareil à la ceinture, et en agrandissant l'image, j'ai reconnu une pompe à insuline, la même que celle de mon beau-frère.

Elle se tourna vers Haroun.

— C'est un dispositif vital. Sans insuline exogène, c'est la mort assurée pour un diabétique. Dans le diabète de type 1, le pancréas ne produit plus d'insuline. En fouillant dans votre étui, j'ai vu la carte de visite de l'endocrinologue de votre fils. Ça a confirmé mes soupçons. Vous avez injecté à Paul de l'insuline exogène à très forte dose. Deux cents unités suffisent pour provoquer un coma hypoglycémique. C'est une dose létale. Dans ce cas, le taux de sucre dans le sang s'effondre et la mort devient irréversible. Avec un enfant diabétique, vous n'aviez aucune difficulté à vous procurer de l'insuline rapidement, vous aviez toujours des stylos en réserve dans le réfrigérateur, en cas d'urgence.

Elle marqua une pause.

— Et puis vous connaissiez le code d'alarme et vous avez fait un double des clés de la porte d'entrée. La nuit du crime, vous vous êtes introduite dans sa chambre, pendant son sommeil. Vous saviez qu'il se couchait tôt. C'est l'un de ses principes de vie. Il se lève à 5 heures du matin, même le week-end, nous en avions discuté car nous partageons ce goût de l'aube.

Juliette hochait la tête en évitant Alice du regard. La fascination d'Haroun pour les déductions de son amie se lisait sur son visage.

— Vous lui avez sans doute injecté la dose mortelle dans un pli du corps ou au talon. Ce type de piqûre est indolore. Une injection unique ne laisse pas de trace, à moins d'une analyse médico-légale très poussée. L'insuline exogène est quasi indétectable dans le corps. Des investigations spéciales seraient nécessaires pour savoir que c'est l'insuline injectable qui l'a tué. Et puis vous aviez besoin de maquiller ce crime, alors vous avez égorgé Paul Faye une fois sûre qu'il était mort.

Juliette inspira et but une gorgée pour se donner le courage d'affronter le reste de sa vie.

— Je n'ai pas pu aller au bout. La vue du sang... Quand j'ai commencé à lui couper la gorge... J'ai fait ce que j'ai pu, en tournant la tête. Plonger ce couteau dans de la chair humaine...

— Pourquoi avoir incriminé Inès Goya ?

— Il fallait éviter tout soupçon. Depuis le début de l'année, Inès fait le ménage à la maison. J'ai tout de suite vu son expression rebutée quand je lui parlais de

Paul. Je lui ai fait remarquer. Elle a commencé à me confier son malaise avec lui. Elle m'a aussi parlé d'une précédente agression sexuelle chez un autre type chez qui elle travaillait. Je l'ai incitée à déposer une main courante contre Paul. Un jour, je l'ai vu ranger des couteaux dans le tiroir, et c'est là que j'ai eu l'idée de cette mise en scène. Mais je l'ai aussi fait pour mon fils. Avant cette histoire de fondation, Charlotte m'avait dit qu'il serait à l'abri et qu'elle lui gardait une part de l'héritage. Inès était la coupable idéale pour que l'affaire se résolve rapidement.

Derrière la vitre, Haroun aperçut soudain Mona accompagnée de deux policiers. Alice se leva pour ouvrir la porte-fenêtre. Les jambes relevées sur son fauteuil, Juliette semblait à la fois complètement perdue et apaisée. Elle qui pensait avoir commis le meurtre parfait, elle qui espérait offrir la meilleure vie possible à son fils… Elle s'était égarée. Elle avait franchi la ligne. Son éducation protestante remontait à la surface. Il fallait assumer ses actes jusqu'au bout. L'éthique de responsabilité. Regarder la réalité en face, droit dans les yeux. Même si ça signifiait être éloignée de la personne qu'elle aimait le plus au monde. Oui, il fallait qu'elle assume, pour Gabriel.

Alice informa Mona de la confession de Juliette au creux de l'oreille.

— Madame Darbois, nous allons vous accompagner à l'hôtel de police de Melun, nous aurons quelques questions à vous poser.

— Oui, bien sûr, répondit Juliette. Mais qui ira chercher Gabriel à l'école ?

— Vous pouvez prévenir un proche ? dit Alice.

— Oui, je vais demander à Charlotte.

Elles se regardaient sans animosité.

— Je ne vous en veux pas. Je me sens libérée. Je vous remercie de m'avoir écoutée, sans me juger.

Une fois dehors, Haroun eut envie de serrer Alice dans ses bras pour la féliciter. Il se contenta d'une tape amicale dans le dos et elle lui sourit. Le visage d'Olivia s'illumina en voyant son amie se diriger vers la Coccinelle.

— J'étais morte de trouille, alors j'ai appelé Mona.

— Tu as bien fait. Je vais tout te raconter.

Elle mit la clé dans le contact et démarra en trombe, au grand dam d'Haroun.

*

Quelques jours plus tard, Juliette Darbois fut mise en examen pour empoisonnement prémédité. Elle était passée aux aveux. Devant le juge d'instruction, elle avait confirmé l'utilisation d'un stylo à insuline rapide pour tuer Paul Faye. Elle l'avait piqué à la cuisse. De quoi rêvait-il à ce moment-là ? Qu'avait-il ressenti dans sa silencieuse agonie ? Pour pénétrer chez lui, comme l'avait compris Alice, elle avait fait un double du trousseau d'Inès. Elle connaissait le code de l'alarme, ayant observé Paul Faye le taper à plusieurs reprises. De façon absurde, pour épaissir le mystère, elle avait verrouillé la porte de la chambre et jeté la clé dans le Loing.

Inès Goya fut libérée de sa garde à vue. Sa mère vint la chercher au commissariat et, pour l'une des rares fois de sa vie, elle pleura devant elle.

Pour fêter le retour d'Inès, Alice organisa une garden-party chez elle. Des tables avec nappes blanches étaient dressées sous le majestueux *sophora japonica*. Dans une saine émulation, Haroun et Alice s'étaient dépassés pour proposer le plus merveilleux des buffets. Scones aux dattes, muffins à la myrtille, tartelettes au chocolat gianduja, salades de saumon et riz sauvage, clubs sandwich au concombre et à la crevette, cakes au chèvre et poivron, cuisses de poulet rôti au citron. Alice tenait à réhabiliter son amie aux yeux du petit monde de Valmont-sur-Loing.

Une cinquantaine de personnes s'était donc pressée dans son jardin. Le ciel était nuageux par intermittence. Des parfums de glycine, de rose, de menthe et de romarin flottaient dans l'air tiède de cette fin d'après-midi de juin.

Olivia et Thomas furent réquisitionnés pour le service. Mme Verlet se chargeait de remplir les verres vides, tandis qu'Arthur prodiguait des conseils à Agathe Saint-Vincent, qui peinait à canaliser le goût immodéré de son fils de quinze ans pour les réseaux sociaux – à son grand désarroi, il voulait devenir influenceur. Inès racontait à Mona les conditions de sa garde à vue pendant que leurs enfants jouaient ensemble.

Les convives se rassemblèrent autour d'Inès. Alice prononça un discours drôle et émouvant. Inès la serra dans ses bras en essuyant une larme.

— Vous êtes si gentille, Alice. J'espère qu'un jour un homme saura vous aimer comme votre mari vous a aimée.

— Qui sait ?

Après la fête, Haroun resta pour un dernier verre dans le salon télé.

— Je suis épuisée, dit Alice en s'affalant dans le canapé.

— Tenez, ça ne vous fera pas de mal.

Haroun lui tendit un verre de vieux rhum.

— Tout de même, Alice, comment avez-vous deviné que l'insuline avait tué Paul Faye ?

— *Le Mystère von Bulow*, mon cher Haroun.

— *Le Mystère von Bulow* ?

— Le film de Barbet Shroeder, inspiré d'une histoire vraie. Une tentative d'assassinat aux États-Unis en 1980, dans la haute société new-yorkaise. Le Danois Claus von Bulow fut accusé d'avoir voulu tuer sa femme richissime avec de l'insuline, dans le but de capter son héritage. Sunny von Bulow voulait le quitter, mais en cas de divorce pas d'héritage. Si elle mourait, il récupérait une quinzaine de millions de dollars. Hospitalisée en détresse respiratoire, elle est finalement restée dans le coma pendant plusieurs décennies. Il a été acquitté. Je m'étais appuyé sur ce film pour un colloque intitulé *Poison, droit pénal et cinéma.* Quand Mona m'a dit que la police scientifique ne parvenait pas à identifier ce qui avait tué Paul Faye, l'affaire von Bulow m'est revenue à l'esprit.

— Alice vous m'impressionnez.

Ils trinquèrent en se souriant.

— Et si on regardait un film ?

Sans savoir exactement pourquoi, Alice eut envie de mettre un classique hollywoodien. Une musique de Henry Mancini avait surgi dans sa tête. *Two for the Road.* Des frissons parcoururent sa peau quand elle reconnut ce morceau issu de la bande originale de *Voyage à deux* de Stanley Donen, avec Audrey Hepburn et Albert Finney.

Elle se souvenait par cœur des paroles de la chanson.

If you're feeling fancy free

Si vous vous sentez libre de fantaisie

Come wander through the world with me

Venez parcourir le monde avec moi

And any place we chance to be

Et n'importe quel endroit où nous aurons la chance d'être

Will be a rendez-vous

Sera un rendez-vous

— Bien sûr, Alice.

Et elle eut l'envie irrépressible de voyager avec Haroun.

ÉPILOGUE

Quelques mois plus tard, l'affaire Paul Faye quittait les esprits de Valmont-sur-Loing. La petite ville avait retrouvé sa quiétude et se parait des couleurs de l'automne. En ce mois d'octobre, Alice Bonneville était partie à Édimbourg pour rendre visite à sa fille Constance qui vivait en Écosse avec son mari et ses deux enfants. Mère et fille s'étaient offert un voyage en train de luxe dans les Highlands. Haroun avait fermé le London-Essaouira pour prendre quelques jours de vacances et partir en randonnée dans les Alpes avec son fils Théo.

Après sa première consultation du matin, Arthur récupéra le courrier dans la boîte aux lettres. Une enveloppe bleue non cachetée attira son attention.

Il lut à plusieurs reprises les sept mots de la lettre manuscrite, à l'écriture déliée.

Le souvenir de son accident de la route le frappa au plexus.

Je sais qui a tué vos parents.

Remerciements

Je tiens à exprimer mes plus vifs remerciements à Véronique Cardi et Violaine Chivot pour leur confiance et leur enthousiasme sans faille. Je remercie également mon camarade Benoît Duteurtre, qui m'a toujours incité à écrire un roman, ainsi que le commissaire Raphaël Girard, le Dr Adrian Chaboche, le Pr François Chast et mon ami Christophe André pour leurs précieux éclairages.

CET OUVRAGE A ÉTÉ COMPOSÉ PAR BELLE PAGE
POUR LE COMPTE DES ÉDITIONS J.-C. LATTÈS
17, RUE JACOB – 75006 PARIS
ET ACHEVÉ D'IMPRIMER SUR ROTO-PAGE
PAR L'IMPRIMERIE FLOCH À MAYENNE
EN MAI 2023

PAPIER CERTIFIÉ

JC Lattès s'engage pour l'environnement en réduisant l'empreinte carbone de ses livres. Celle de cet exemplaire est de :
490 g éq. CO_2
Rendez-vous sur www.jclattes-durable.fr

N° d'édition : 01 – N° d'impression : 102673
Dépôt légal : juin 2023
Imprimé en France